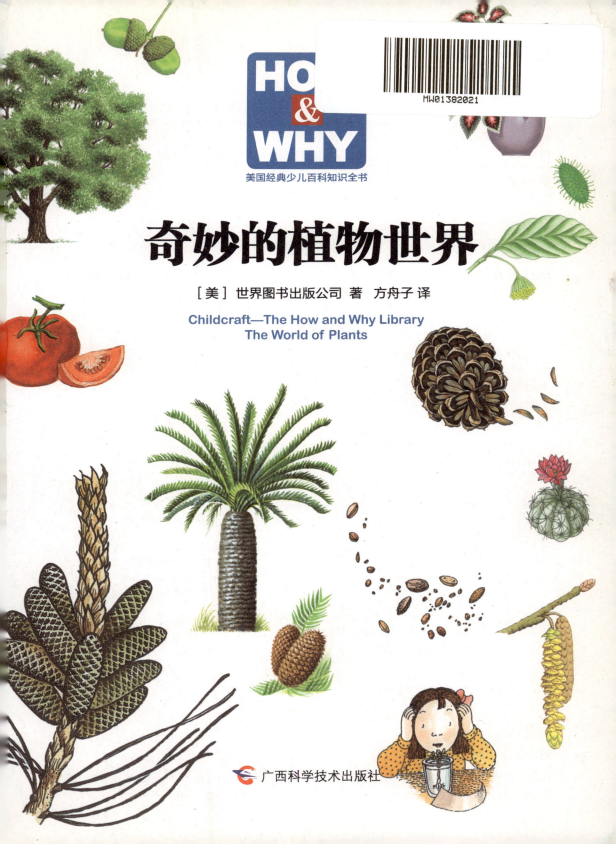

著作权合同登记号 桂图登字：20-2009-134

THE WORLD OF PLANTS(VOLUME 5)

© 2008, 1994, 1992, 1991 World Book, Inc. All rights reserved. This book may not be reproduced in whole or in part in any form without prior written permission from the publisher. WORLD BOOK, the GLOBE, EARLY WORLD OF LEARNING and the COLOPHON, and POLDY, are registered trademarks or trademarks of World Book, Inc.

This edition arranged with WORLD BOOK, INC.

through BIG APPLE TUTTLE-MORI AGENCY, LABUAN, MALAYSIA.

Bilingual Chinese edition copyright:

2010 Guangxi Science and Technology Publishing House

All rights reserved.

图书在版编目（CIP）数据

奇妙的植物世界 / (美)世界图书出版公司著；方舟子译. —南宁：广西科学技术出版社，2010.6

（《HOW & WHY》美国经典少儿百科知识全书）

ISBN 978-7-80763-472-0

Ⅰ.奇… Ⅱ.①世… ②方… Ⅲ.植物—普及读物 Ⅳ.Q94-49

中国版本图书馆CIP数据核字（2010）第049594号

QIMIAO DE ZHIWU SHIJIE

奇妙的植物世界

作　　者：〔美〕世界图书出版公司	翻　　译：方舟子
策　　划：何　醒　张桂宜	责任编辑：赖铭洪
封面设计：卜翠红	责任审读：张桂宜
责任校对：曾高兴　田　芳	责任印制：韦文印

出 版 人：韦鸿学

出版发行：广西科学技术出版社	社　　址：广西南宁市东葛路66号
邮政编码：530022	
电　　话：010-85893724（北京）	传　　真：010-85894367（北京）
0771-5845660（南宁）	0771-5878485（南宁）
网　　址：http://www.gxkjs.com	在线阅读：http://www.gxkjs.com

经　　销：全国各地新华书店	
印　　刷：北京尚唐印刷包装有限公司	邮政编码：100162
地　　址：北京市大兴区西红门镇曙光民营企业园南8条1号	
开　　本：710mm×980mm　1/16	
字　　数：80千字	印　　张：11.5
版　　次：2010年6月第1版	
印　　次：2012年6月第10次印刷	
印　　数：77 001-92 000册	
书　　号：ISBN 978-7-80763-472-0/G · 141	
定　　价：25.00元	

版权所有　侵权必究

质量服务承诺：如发现缺页、错页、倒装等印装质量问题，可直接向本社调换。

服务电话：010-85893724　85893722　　团购电话：010-85808860-801/802

目录

4 前言

9 植物的生活
植物和其他生物不同，而且它们有迷人的生活。

55 大自然的邻居
就像人们常常在社区内共同生活和工作一样，植物也生活在社区中。

89 植物为我们做什么？
植物给我们提供吃的食物和建房子、制造家具的材料——没有它们，我们无法生存。

123 你的花园是怎样生长的？
你可以当一名园丁，就从这里提供的园艺窍门开始做起吧。

163 植物也需要帮助
我们的生活离不开植物，我们必须用行动来拯救和照看它们。

182 词汇表

前　言

设想你在一块微风吹拂的草地，让你的心飘到一片荫蔽的森林。想象有沙砾飘过沙漠，或者一阵微风吹过农民的玉米田。再想象一根根常春藤蔓延、环绕着窗台上的花盆。所有这些景象都包括植物！

这本书，《奇妙的植物世界》，邀请你去学习关于这些美妙生物的知识。在书中，你将会发现植物是怎么生活和生长的，以及在哪里能够找到它们。你将知道植物为人类所做的重要事情，以及人类为植物做的事情。

本书中有许多栏目帮助你学习和掌握这些知识。标着"**全知道**"的框子里有充满趣味的事实。找找在一个彩色球上面的"**试一试**"这些字眼。在它下面介绍的活动提供了更多地了解植物的办法。比如，你能够自己种植向日葵。

阅读本书时，你将会看到有些词是用**像这样**的黑体字印刷的。这些词对你来说也许是生词。你可以在书后面的词汇表中找到这些词语的解释。

"全知道"的框子里有充满趣味的事实。

每种活动都有一个数字。数字越大表明你可能越需要大人的帮助。

有这种彩色边框的活动要比没有边框的复杂一点。

5

美妙的植物在全世界都能找到。这里只是让你先看一眼你将会在本书中遇到的一些特殊植物。这张地图向你显示，在世界上的哪个地方能够发现哪一种奇妙的植物。根据标着的页码翻到那一页，去发现更多的信息！

北冰洋

北美洲
狐尾松 / 43
玉米 / 91
短叶丝兰 / 78
红杉 / 38
巨人柱仙人掌 / 34
捕蝇草 / 49

太平洋　　　　大西洋

南美洲
炮弹树 / 75
猴谜树（智利南洋杉）/ 39
树商陆 / 175
蒲苇 / 63
西番莲 / 13
土豆 / 32，95
橡胶树 / 107

欧洲

高山杜鹃 / 87
高山虎耳草 / 87
花椰菜 / 93
雏菊 / 158
雪绒花 / 87
毛地黄 / 42,115
胡椒薄荷 / 100

亚洲
竹子 / 105
银杏 / 14
橙树 / 102
大花草 / 165
甘蔗 / 100
郁金香 / 42,140

澳大利亚与太平洋群岛
垫状植物 / 47
桉树 / 37
袋鼠草 / 63
米契尔草 / 62

印度洋

非洲

芦荟 / 115
莲 / 66
红树 / 67
纸莎草 / 67
灯芯草 / 105
高粱 / 90
百岁兰 / 79

植物的生活

你知道植物和其他生物有什么不同吗?
你知道叶子是干什么用的吗?

你是不是觉得奇怪,为什么有些树的叶子全年都是绿色,而其他的树却改变了颜色,然后落叶?你知道新植物是怎么生长的吗?

往下读吧,去学习所有这些有关植物的迷人知识。你会发现其中有的会让你惊讶!

万寿菊

巨人柱
仙人掌

松果

什么是生物?

你知道生物和非生物有什么不同吗？你是生物。小狗、树和蘑菇也是生物。自行车、岩石、鞋子和网球是非生物。

你怎么区分生物和非生物呢？所有的生物都有一些共同特征。几乎所有的生物都需要食物、水和空气。它们由叫做**细胞**的细小单位组成。生物也能**繁殖**，也就是说，它们能造出和它们自己一样的新生物。

这些全都是生物

这些细小的生物属于原生生物界。

这些细小的细菌属于原核生物界。

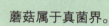

蘑菇属于真菌界。

许多许多种生物在一些重要方面也彼此不同。科学家把所有的生物分成叫做**界**的大类。每个界由彼此相似的生物组成。每个界和别的界是不同的。

多数科学家认为生物主要有五个界。动物组成了一个界。多数动物能四处运动，并通过吃其他生物获得食物。植物组成了另一个界。植物界对其他的界很重要，因为植物创造出多数其他生物需要的食物。其他的界包括像**真菌**和**藻类**这样的**有机体**。

这些生物属于植物界。

蜘蛛和老虎属于动物界。

什么是植物?

如果有人要你说出一种植物,你也许会说"树"。你可能还会想到其他许多绿色和长叶子的生物。但是并不是所有的植物都是绿色和有叶子的。多数是这样,但不是全部如此。

那么是什么让植物成为植物的呢?

植物通常终身植根在一个地方。它们

不能像动物那样四处运动。多数植物通过生产种子来制造新植物。

　　植物也有特殊类型的细胞。植物细胞有由**纤维素**组成的又硬又厚的细胞壁。多数植物含有一种叫叶绿素的特殊物质。植物在水、空气和阳光的帮助下用**叶绿素**制造自己的食物。动物没有叶绿素。

仙人球

西番莲　　　火棘

全知道　多数植物是绿色的，因为它们的细胞中有叶绿素。但是水晶兰没有叶绿素。它的茎、细小的叶子和花常常是纯白色的。它从死去的植物的根获得食物。

植物的种类

人们对植物做了分类。

几乎所有的植物都属于种子植物这一类。它们被叫做种子植物是因为它们制造种子，由种子长成新的植物。

多数种子植物是开花植物。开花植物在花中制造它们的种子。世界上大多数植物都是开花植物。其他种子植物在球果内制造它们的种子。结球果的植物叫**针叶植物**。这些植物包括松树、云

万寿菊在花中制造种子。

银杏树自恐龙时代就有了。它们在球果内制造种子。

银杏

蕨不是从种子长出来的。它从孢子长出来。

杉和枞树。被叫做**苏铁**和**银杏**的植物也是结球果的植物。这类植物已存在数亿年了。

其他类的植物不是用种子，而是用叫做**孢子**的细小细胞来制造新植物。制造孢子的植物包括蕨类、木贼和苔藓。

蕨类长着像羽毛一样的叶子。它们的孢子在叶子的底面形成。木贼有很高的绿色茎，顶端有一个帽子。苔藓长在树干或岩石上，就像一件柔软的绿色绒毛外套。苔藓由成千上万个紧密生长在一起的细小植物组成。

带孢子的蕨叶

木贼

泥炭藓

苔藓

根、茎和叶

植物有许多不同的部分。许多植物有根、茎和叶。所有这些部位协作帮助植物生存和生长。并不是每种植物都有这些部位，但是多数都有。

根从植物的底部长出来，向下进入地里并分布开。根像海绵一样为植物吸收水和**矿物质**。根也起到固定作用。通过向下生长并在地里分布，它们把植物牢牢地固定住。

茎支撑着植物的叶子，让它们向着阳光。花从茎生长出来。水和矿物质通过茎里面细小的管道输送到植物的其他部分。一棵树的树干是一个大茎。

叶子为植物制造食物。它们用阳光的能量把空气、水和矿物质变成糖和淀粉。叶子长成许多种形状和大小，有的又宽又扁，有的又长又薄。有的叶子有光滑

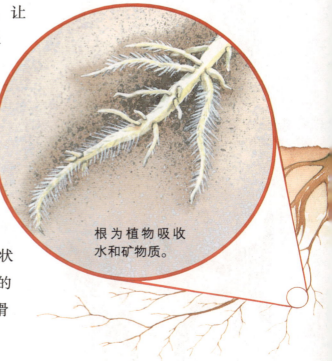

根为植物吸收水和矿物质。

的边缘，有的叶子的边缘是锯齿状的或波浪状的。有的叶子看上去就像针或刺。

叶子为植物制造食物。

植物的茎支撑着叶子，让它们向着阳光。

叶子掉落后，你能看到茎上有小点，那就是叶子附着的地方。

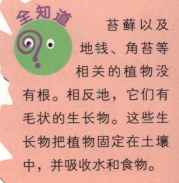

全知道 苔藓以及地钱、角苔等相关的植物没有根。相反地，它们有毛状的生长物。这些生长物把植物固定在土壤中，并吸收水和食物。

17

叶子为什么是绿色的？

叶子看上去似乎啥事也不干，但是如果你能够变得非常细小，小到能钻到叶子里面去看一眼——你将会有意外的发现！

阳光穿过叶子的表皮进入叶子内部。在叶子里面有一种神奇的绿色物质叫叶绿素。叶绿素捕捉到一些落到叶子上的阳光。同时，空气通过叶子上的许多细小开口进入叶子。水从下面的根往上运。

叶子就像小小的食物工厂。叶绿素用阳光作为能量，把水和空气中的二氧化碳变成了植物的食物。

去探索为什么植物保持着绿色。当天气温暖、晴朗，草又不太干的时候，把一个不锈钢碗或陶碗口朝下扣到一小块草地上，这样草就得不到阳光的照射。（注意你要事先征得草地的主人许可！）把碗这样放大约5天。其间不要打开来看！然后拿起碗，看看草。它和那些受阳光照射的草有什么不同？

叶子除了绿色，还有其他颜色，例如黄色和橙色。在夏天，绿色的叶绿素掩盖了其他颜色。在秋天，叶绿素有时会退色，那么你就看到了其他的颜色。

19

什么是种子？

一粒种子是一个植物宝宝和一包食物，全包在一个包裹里头。

不同种类的植物有不同的种子。有的种子有网球那么大，有的种子比一粒沙子还小。有的种子是圆形的，有的是扁平的，有的又长又细。但是每一粒种子里头都有一个植物宝宝，它和储存的食物在一起，等着长大。

在有寒冷冬天的地方，春天是种子苏醒过来的

种子有许多不同的形状和大小。

时候。融化的雪水和春雨渗进了土地，浸透了种子。种子坚硬的外壳——包裹的包装——变软。壳里头的食物在水的浸泡下膨胀。接着壳就裂开了。

植物宝宝伸了出来。它利用储存的食物，开始生长。一条小小的根往下伸进地里，寻找水。一条小小的茎往上生长，穿出土壤，寻找阳光。

植物利用它储存的食物来生长。一旦植物把头探出地面，沐浴在阳光中，它就开始自己制造食物。它利用阳光、空气以及根发现的水来制造食物。

全知道

世界上最大的种子长得比一个橄榄球还大。它是海椰子。它生长在印度洋的塞舌尔群岛。

种子是怎么生长的

种子裂开。一条小小的根伸了出来。

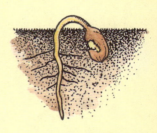

根向下生长的同时，茎向上伸去。

最早长出的叶子开始为植物制造食物。

21

种子在运动

如果一粒种子在靠近它的父母的地方生长，它可能会长在阴影里。它不能得到它生长所需要的阳光。它也不会有足够的生长空间。种子必须设法到一个它能够生长的地方去。幸运的是，种子有很多方法能做到这一点。

有的种子，例如枫树的种子，在风中飘荡。

蒲公英的种子就像降落伞一样在空中飘荡。

　　它们的"翅膀"能把它们带到很远的地方。别的种子能让动物带着它们跑。动物吃了果实,种子也被一起吃了下去,并且通过了动物的身体。动物在拉下种子之前,也许已经旅行了很远。还有的种子,例如鬼针草和拉拉藤的种子,它们长在能粘住东西的果实里面。它们粘在路过动物的皮毛上搭便车,直到动物把它们蹭掉。

　　有的果实实际上会爆炸。干燥的豆荚崩裂,向四面八方投射它们的种子。凤仙花的荚果被稍稍一碰就会突然开裂。喷瓜能喷出水流射出种子。

这朵锦葵的花被切掉了一半,以显示里面的部分。

柱头
花药
花瓣
卵

制造种子

所有的种子植物都有特殊的制造种子部分。多数种子植物在花中制造它们的种子。一朵花制造种子的部分包括花蕊。有的花蕊有叫做**花药**的膨大顶端。花药制造一种叫做**花粉**的黄色粉末。有的花蕊有叫做**柱头**的黏黏的顶端。

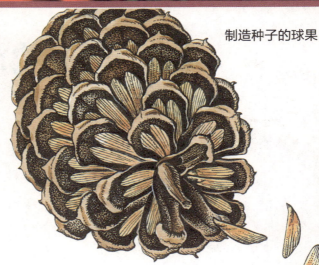

制造种子的球果

制造花粉的球果

当花粉从一朵花掉到同种另一朵花的柱头上，种子就开始形成了。花粉沿着花蕊向下走，直到碰上一个小小的卵。花粉和卵结合，然后长成了种子。

其他种子植物在球果里头制造它们的种子。球果有两种。一种比较小和脆弱，它制造花粉。另一种球果覆盖着木质鳞片并制造卵。从脆弱球果吹来的花粉落到鳞片球果上，种子就开始形成了。花粉和卵结合。鳞片闭合把发育中的种子包了起来。在种子成熟时，鳞片重新打开，种子就从球果上掉了下来。

花粉的旅行

植物没法四处运动。你知道它们是怎样传播花粉制造种子的吗？多数植物利用风或动物来帮助它们**传粉**。

所有的草以及许多树，例如榛子和桦树，在风中散布它们的花粉。这些植物的花药悬垂在花的外面，这样一阵风吹来就能带走花粉。这些植物的柱头也悬垂在花的外面。在花粉吹过时，柱头能把它们抓住。

昆虫、鸟和蝙蝠帮助传播某些植物的花粉。这些植物的花吸引了动物。许多这种花充满了叫做**花蜜**的甜味液体，蜜蜂和其他动物都喜欢吃。有的花

一朵含有甜甜的花蜜的鲜花吸引了一只饥饿的蜂鸟。

这只蜜蜂的头和脚都沾满了花粉。

26

蝗虫正在给这朵花传粉。

用强烈的气味和鲜艳的色彩为它们能供应花蜜大做"广告"。

当一只动物访问一朵花去吸花蜜时,花粉就刷到了它的身上。接下来,在它访问另一朵花时,它身上的花粉就刷到了那朵花上。

种子植物的生活周期

和所有的生物一样,植物开始它们的生活,生长,繁殖,然后死亡。这些步骤组成了一株植物的生活周期。

当一粒种子发芽时,一株种子植物的生活就开始了。一个细小的根从种子破壳而出,伸入地下寻找水。一个细小的茎向上伸出土壤,寻找阳光。不久一株新植物就从地下探出头来了。

植物生长着。它的根吸取水。它的叶制造食物。一段时间后,植物就完全成熟了。小植物也许在几星期或几个月后就会完全成熟。大树则也许要花上几百年甚至更长的时间。

在植物准备繁殖时,它就制造花或球果。花和球果制造花粉和卵。花粉和卵结合。接着新种

发芽

生长

子就形成了。有的种子会被动物吃掉,还有的种子会落到无法生长的地方。但是有些种子会发现一个土壤、水和温度都正合适的地点。这些种子会发芽,生活周期又开始了。

植物长着长着变老了,然后死去。它的根、茎和叶成为了土壤的一部分。

> **试一试 1**
>
> 自己建一个空中花园。将一张纸巾打湿。把它装进一个塑料袋里,在纸巾和袋子之间放上干的豆子、葵花子或萝卜子。在把大的种子放进袋子之前,要先把它们放在水中泡一夜。这样做会让它们的种皮松软,帮助它们发芽发得更快些。封好袋口,把它贴在有阳光的窗户上。观察这些种子是怎样发芽的。

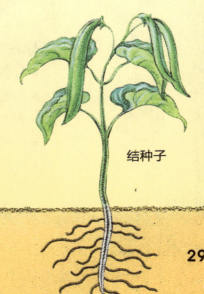

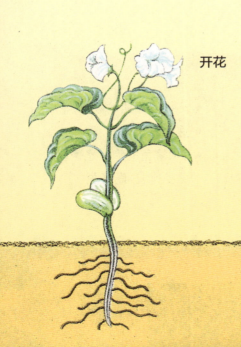

开花

结种子

29

做一朵花模型

现在你已经知道了一朵花的哪些部分是制造种子的，你可以用纸和烟斗通条来做一朵花。

怎么做：

1. 把一张描图纸覆盖在下一页的图案上，用铅笔描下图案。把描图纸按图案剪好。

2. 把单叶和复叶描到绿纸上。把单叶描两次，这样你会有两片单叶。把花瓣描到红纸上。剪下所有这些形状。

你将需要：

- 描图纸
- 铅笔
- 剪刀
- 红色和绿色的软卡片
- 橡皮泥

- 一根能弯曲的吸管
- 透明胶带
- 6根黄色的烟斗通条，每根剪成7厘米长

3. 用铅笔在复叶剪纸的中心小心地戳一个洞。在花瓣团的中心也戳一个洞。

4. 把一团橡皮泥捏成一个球。把吸管插到泥中，吸管弯曲的部分在上面。

花瓣团

5. 把复叶和花瓣的剪纸套进吸管。把它们放在接近吸管顶端的地方。在剪纸的下方用一小块泥把它们固定在吸管上。

6. 把一根烟斗通条的一端折弯。把另一端弯成圈圈。对其他烟斗通条也都这么做。然后把烟斗通条粘在吸管的末端。

7. 把两片单叶用胶带贴在靠近吸管中央的地方。你的花朵就做成了！

多做一些花，创造一个花园。

复叶

单叶

不用种子制造植物

并不是所有的植物都必须依靠种子来长出新的植物。有的植物不用另一株植物的帮忙也能制造自己的复制品。

落地生根会在它的叶子边缘长出新的植物。

如果你种一个土豆,它将会发芽长出一株新的植物!一个土豆是一个**块茎**。从块茎的嫩芽(叫做芽眼)中

土豆

落地生根

能发芽长出新的茎。

有的新植物的叶和茎从叫做**鳞茎**的地下芽长出来。像百合、郁金香和藏红花这些花就是从鳞茎长出的。洋葱和葱有你能吃的鳞茎！

有的植物通过发出嫩芽来长出它们的复制品。薄荷以及某些草有地下茎，新的植物将会从中长出。草莓产生一种叫做**纤匐枝**的茎，向侧面生长。从纤匐枝长出的新植物一旦触及到地面，就长出根固定住自己。

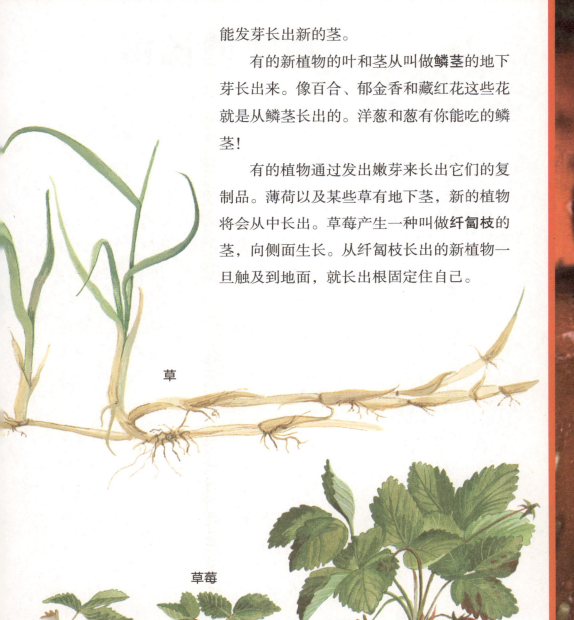

草

草莓

最大的植物

你能攀登一株玉米或郁金香吗？你能在一株雏菊上荡秋千吗？当然不能！但是一棵树就完全是另一回事了。

　　树是又高又坚固的植物，有叫做树干的木质茎。枝条从树干生出，通常离地面很远。是树干让树如此坚固。树干支撑着树。

　　树干也有几层，每一层各有重要的工作要做。树干覆盖着一层坚硬的外表。多数树都有一层坚硬、干燥的树皮。树皮保护树里面柔软的部分。树干的下一层把叶子制造的食物输送到树的其他部分。紧接着这一层的是树干制造树皮和新木质的部分。再往里是木质部。有的木质部把水运到树的各个部分。里面的木质部帮助支撑树。

苏铁的叶子在茎的顶端长成一圈。

巨人柱仙人掌实际上是树，但是它有刺，没有扁平的绿色叶子。

多数棕榈树有一个没有分枝的树干，顶端戴着一簇大叶子。

树干由几层组成，每一层都有自己的工作要做。有一层把水从根部输送到叶子。

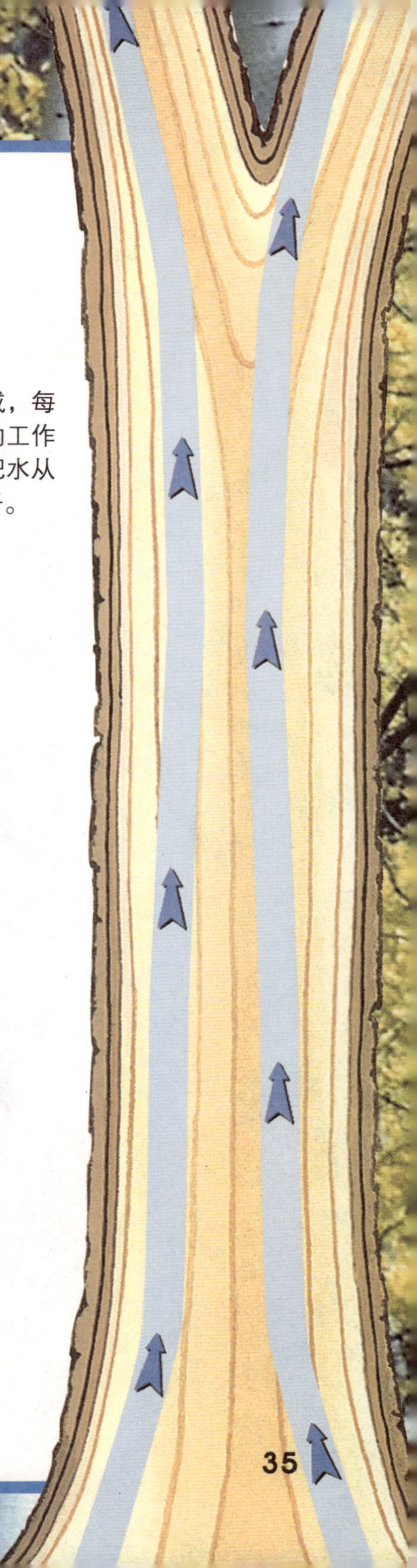

树被砍倒后，可以看出每年生出的一层木质部形成一个年轮。一棵有50个年轮的树已生活了50年。年轮也揭示了树的生活故事。较窄的年轮表明那一年没有充足的水和阳光。较宽的年轮意味着那一年有较多的水和阳光的供应，也就是生长得更好。

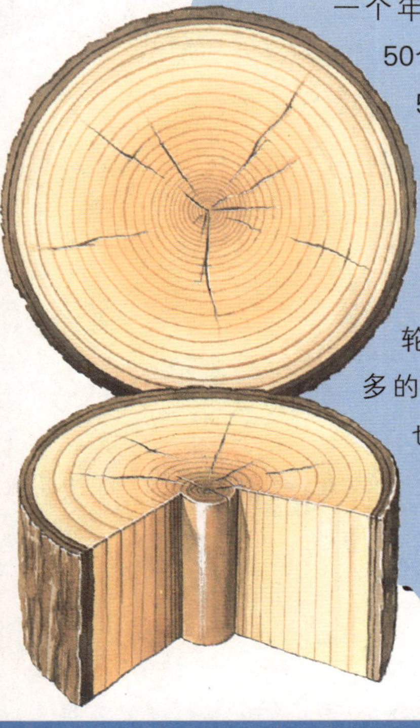

你知道

35

阔叶树

许多阔叶树一年一次掉落叶子，后来又长出新叶。这些树叫做**落叶树**。橡树、枫树、柳树和许多其他种类的树都是落叶树。

在有寒冷的冬天和温暖的夏天的地方，多数落叶树在秋天掉落叶子。叶子需要水才能生存和制造食物。树从土壤中获取水。但是在冬天，土壤中的水结成了冰。根无法吸收冰冻的水。就没有水能让树利用。

在夏天快结束时，树开始为过冬做准备。在每个叶柄和枝条连接的地方，长出了一个厚层。水再也无法进入叶子。叶子干枯，落到地面，然后死去。

在春天，地面变暖。冰融化了。土壤又变得湿润。然后树的根开始吸取水，树又长出了新的叶子。

但是并不是所有的阔叶树都落叶。在世界上较温暖的地区，阔叶树全年保持绿叶。它们叫做阔叶常青树。它们只是时不时地掉一些叶子。澳大利亚的桉树就是阔叶常青树。

在夏天，水通过茎抵达叶子的所有部分。

在秋天，一个软木层阻止水进入叶子。

叶子掉落，留下一个疤痕。

37

有针的树

那些常常被用来做圣诞树的树种叫做针叶树。它们被这么叫是因为它们的叶子又细又尖,就像针一样。松树、云杉和红杉都是针叶树。

多数针叶树全年是绿色的。它们被叫做常青树。它们和落叶树不一样,不会在每年的某个时候改变颜色并掉落所有的叶子。相反地,它们全年都时不时地会掉落一些针叶。

针叶树的叶子非常坚强。它们不会在冬天被冻结,也不像其他种类的叶子那样快速丧失水分。由于能保住它们的水分,针叶树在整个冬天都能存活并保持绿色。

花旗松

箭头显示在夏天水（点）往上输送到常青树的针叶。有些水散发到空气中丧失掉了，但是不像其他种类的树丧失那么多。

在冬天，没有水从根部送上来。没有水在树中运输。但是针叶保持绿色。它们靠已经在它们里面的水生存。

猴谜树

世界上最高的树（左）是加利福尼亚的红杉。红杉能长到37层楼那么高。

39

给植物灌水

你见过消防员使用灭火水龙带吗？水龙带在有水流过的时候，看上去僵硬又肥大。但是在火被扑灭，消防员关掉水后，空的水龙带是软沓沓的。

许多植物有点像灭火水龙带。只要它们的根能继续把水泵上来，它们的茎和叶子就笔直而僵硬地立着。但是植物会通过它的叶子失去水分。如果植物不能得到足够的水来补充失去

的水分，它很快就会耷拉下来，就像一条空的灭火水龙带。也许你已见到盆栽植物出现过这种情况。在它们需要水时，它们就开始下垂。

生活在水非常少的沙漠中的植物有特殊的方法搜集和储存水。例如，有的仙人掌的根向下生长得很深，或者铺展得很远，就是为了找到水。仙人掌把水储存在它们厚实丰满的茎中。没有雨的时候，它们就靠储存的水生活。

沙漠植物善于搜集和储存水。

试一试 1

看看水是怎样离开植物的。找一个出太阳的日子，当一株植物周围的土壤表层变干时，把一个玻璃罐倒扣在植物上。等一个小时，然后查看玻璃罐的内壁。你看到了什么？你应该会看到水珠或水雾。水是通过植物叶子上面的小孔从植物跑出来的。

41

植物能活多长?

有的植物只能活上一年。这些植物叫做**一年生植物**。一年生植物的种子在春天发芽。新的植物生长着。植物在夏天开花并制造新种子。当冬天来临时，植物死去，留下种子在地里，等着在春天发芽。

有的植物在冬天来临时似乎死了。它们的叶子掉落，它们的茎看上去干枯和死气沉沉。但是在春天它们又开始生长。这些植物叫做**多年生植物**。多年生植物年复一年地生长。

玫瑰年年生长。

郁金香年年生长。

毛地黄存活两年。

一株**二年生植物**存活两年。第一年,它生长叶子和苗。随着它的生长,它储存食物,常常是储存在膨胀的根里。当冬天来临时,叶和茎死去了。在下一个春天,植物又重新生长。它开花并制造种子,用的是它在前一年储存的食物。然后它死去。

牵牛花存活一年。

全知道

已知最老的植物中有些是美国西部地区的狐尾松。有的狐尾松的年龄近5000岁。

43

有毒植物

许多浆果和种子是有毒的！有人吃了槲寄生的浆果、紫杉的浆果和蓖麻子死了。颠茄有绿色或黑色的浆果——二者都有毒！绝不要吃某种浆果、种子或者坚果，除非大人说它是安全的。

如果你触摸了某些植物，它会让你发痒、刺痛。如果你知道它们长什么样，你就能够躲避它们。毒漆树有白色的浆果悬垂着。毒漆藤像藤蔓一样生长，叶子每三片长在一起。那句警告大家的歌谣"叶子三片，离它远远"就是这么来的。荨麻长着刺毛，会让你的皮肤发痒。

最美丽的植物有的是有毒的。人吃了夹竹桃会生病甚至中毒死亡。有的植物同时存在有毒和无毒的部分。大黄的茎可以吃，但是吃大黄的叶子会让你病得更厉害！

槲寄生

紫杉的浆果

蓖麻子

毒漆藤

夹竹桃

大黄

奇怪和不寻常的植物

如果你以为所有的植物看上去都一样，行为也都一样，那就大错特错了。植物的形状、色彩和生长的地方都比你设想的要多。它们也有一些不寻常的方式来获得食

铁兰长在树上，从空气中获得它需要的水分。

水晶兰无法自己制造食物，要从长在附近的真菌那里获取食物。

物和水。

新西兰有一种看上去像柔软的垫子的植物，它叫做垫状植物。它由数以千计的茎、数以百万计的小叶子组成。叶子上覆盖着细小的毛。它的茎紧密地靠在一起，让它看上去就像一片巨大的绿色垫子。在冬天，垫状植物变成白色，让它看上去就像羊毛。

有的植物靠从其他植物"偷"食物或水为生。当菟丝子从地里发芽时，它就开始向着最靠近的植物长去。菟丝子不久就缠绕上了其他植物。它通过吸其他植物的食物和水来获得自己的食物和水。槲寄生也通过这种方式获得水。槲寄生能长在许多种植物上面，它的根深深地插入到树的枝条中。

有的植物甚至能运动！它们实际上并不能站起来走路，但是它们能开开关关，或卷起和展开。例如，如果你触摸含羞草的叶子，它们将会突然蜷起并下垂。然后，在短时间内，它们又重新展开并伸直。

石斛长在活树的枝条和树干上。它们开漂亮的白色或粉红色的花。

吃昆虫的植物

你大概知道许多昆虫吃植物，但是你知道有的植物吃昆虫吗？这些植物包括茅膏菜和捕蝇草。它们需要吃昆虫，因为它们所在的土壤没有足够的食物来帮助它们生长。

茅膏菜的叶子覆盖着细毛。在每根毛上有一滴黏液。这些液滴在阳光下闪烁，就像露珠一样，吸引来昆虫。昆虫一接触到一滴这样的黏液，就被粘住了。接着所有的毛都

这只蚊子已被茅膏菜黏黏的毛逮住。

茅膏菜

捕蝇草的叶子对着昆虫突然合上。

围绕着这只昆虫慢慢地卷起来。它们把昆虫贴着叶子推下去。叶子分泌出一种汁液,把昆虫**消化**掉。

捕蝇草的叶子就像陷阱。它们能够像蚌壳一样打开和关闭。在每个叶子的边缘有一圈小"爪",叶子里面长着细毛。如果一只苍蝇和其他昆虫停落在叶子上触动了一根细毛,叶子就会像陷阱一样快速地合起来。接着植物消化掉它的猎物。

49

真菌

真菌是在许多方面都很像植物的生物。它们在自然界几乎所有的地方都能生长,包括在空中。它们不能运动,但它们能繁殖。科学家曾经把真菌称为"植物",但是真菌不能自己制造食物。它们从死去的植物和动物那里获得食物。因此专家们把这些生物归到它们自己的一类。蘑菇、霉菌和酵母菌都属于真菌。

蘑菇和霉菌是从叫做孢子的小细胞长成的。孢子就像灰尘一样在空中飘荡。一颗孢子落到面包或者它能用来当食物的其他东西上,它就开始生长。它发出了许多细小的丝。其中有的丝向下生长,就像根。其他的丝向上生长,就像茎。这些丝的分支形成了你在发霉的水果和奶酪上看到的斑点。

霉菌在放久了的面包上生长时(下),它就让面包烂掉。但是有的霉菌让它们生长的食物具有特殊的味道,例如羊奶干酪(上)。

面包师用酵母菌（小图）让面包变得蓬松。一旦细小的酵母菌细胞吸收了糖，它们就把一部分糖变成气体。这些气体使得面包有空洞和蓬松。

酵母菌的细胞看上去就像一滴滴果冻。它们非常细小，不用显微镜你无法看到。要是一个酵母菌细胞吸收了食物，例如吸收了糖，它就膨胀，并分裂成两个新的细胞。接着，每个新细胞吸收食物，膨胀，并一分为二。不久，就有了数百万个新的酵母菌细胞。人们把酵母菌放进面团中，做出的面包就会蓬松。

许多蘑菇看上去就像张开的伞。人们常常发现它们长在落木和死叶子的周围。下面是几种蘑菇。

草地湿伞

毒蝇伞

羊肚菌

高大环柄菇

51

藻类——
差不多是植物

海藻看上去像植物。它们甚至像植物那样用阳光制造自己的食物。但是海藻不是植物。它们没有真正的根、茎、叶或花。它们属于叫做藻类的特殊生物。

海藻的构造很适合在海里生活。它们柔软灵活，能在水中飘摇而不会被撕裂。有的海藻用根一样的固着器固定在岩石、贝壳或海底。有的有膨大的部位，里面充满气体，能够一直漂浮着。马尾藻大量地聚在一起在海洋中漂浮。大叶藻生

巨藻

海藻属于藻类。

昆布

海白菜

珊瑚藻

长在泥泞的浅水底，形成厚层。它们看上去就像海岸边摇摆的草地（译按：大叶藻不是藻类，而是植物）。在水下还有巨藻组成的森林，生长在浅海海底。

有的藻类非常小，你需要用显微镜才能看到。有的藻类能够运动。它们通过摆动长在它们的表面的小毛来运动。有时候这些小藻类贴在一起连成链条，或聚集成果冻一样的球。

有的藻类通过摆动两条丝游动。

有时候32个这种小藻形成一个球并生活在一起。

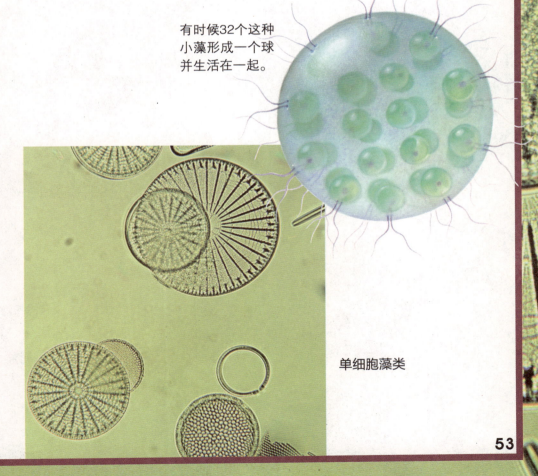

单细胞藻类

53

睡莲

藤

仙女木

大自然的邻居

人们常常在社区里一起生活和工作，例如在城市和小镇。植物也生活在社区中，叫做**群落**。植物在有着它们需要的那种天气——阳光、气温和湿度——和土壤的地方生活在一起。

生活在沼泽地的植物是那些在潮湿的地方生长得最好的。生活在沙漠的植物是那些在非常干燥的地方生长得最好的。沼泽植物和沙漠植物极少能成为邻居。它们属于不同的植物群落。其他植物群落生活在森林、草地和冻原地带。

橡树

在春天，鸟出来建造鸟巢。

在秋天，松鼠在森林里采集坚果。

在温暖的冬天，兔子一直活跃着。

植物会变色的地方

在你生活的地方树木是不是一年到头会"换衣裳"——从春天嫩绿的芽，变成夏天墨绿色的叶，再变成秋天的红色、金黄色或紫色？如果是的话，那么它们就组成了一个**温带**森林群落。

温带的意思是"温和地带"。温带森林生长在夏天不太热、冬天不太冷的地方，在那里的土地全年能得到大致相同的水分。

在春天，野花在温带森林里开放。接着树和灌木长出新枝。鸟儿建造鸟巢。在夏天，果实和坚果生长并成熟。林地里到处是鸟、松鼠、浣熊和许多其他小动物。

在秋天，叶子变了颜色。许多鸟儿飞往南方过冬。蛇、乌龟、青蛙和许多昆虫冬眠了。有的有毛发的动物也冬眠。但是如果冬天比较暖和，这些动物就一直活跃着。

橡树

枫树

榛树

温带森林群落的植物

温带森林有许多树、灌木和其他植物。它们为动物提供藏身地、食物和抚养幼崽的地方。阔叶树,例如橡树、枫树、榆树、椴树、山毛榉和鹅耳枥是这些林地里最重要的植物。

许多小植物和灌木长在森林的地面上。在春天，野花常常覆盖着林地的地面。

臭菘

耧斗菜

山金车

小白屈菜

蓝铃花

大草地

斑马和其他大型动物以草为食。

鹰和其他吃肉的鸟捕食小型草原动物。

草原犬鼠和其他小型草原动物吃叶子和种子。

草不像树和灌木一样需要那么多的水。因此在那些对多数树木来说过于干燥，但是又不至于干燥到成为沙漠的空旷地方，草也能生长得很好。这些地方就像巨大的草地。它们叫做草原。

草原在另一个方面也很特殊。它们有时会自然而然地烧起来——而这对它们的旺盛是有好处的！火焚烧植物一直烧到了地面。灰烬给取代它们的新植物提供了营养。

多数生活在草原上的大型动物吃草，例如斑马。多数小动物吃植物叶子和种子，例如兔子。也有吃肉的动物，例如狐狸、蛇，在某些地方还有狮子和豹子。许多吃肉的鸟在草原上捕食，例如鹰。

在草原上，成为猎物的动物很难藏身。地面过于低平，也没有那么多树和灌木。许多动物蹲伏下来贴着地面。有的通过快速或灵巧的奔跑来保护自己。还有的挖地洞躲起来。

草原群落
的植物

金光菊

草原上的草可能很矮，也可能很高，这取决于那里有多少水分。几乎没有树或灌木能在草原上生长，但是那里有许多开白色或彩色的花的小植物。

在北美洲，草长得很高的草原叫做**高草草原**。在南美洲，它们叫做**潘帕斯草原**。北美洲的某些部分曾经是草长到1.8米甚至更高的高草草原。

在非洲和澳大利亚，草原相当干燥，草也比较矮。非洲有**稀树大草原**，散布着树和草丛。澳大利亚草原覆盖着坚硬的米契尔草和袋鼠草。金合欢灌木丛长在这些草的中间。在阿根廷、中亚和俄罗斯，叫做**干草原**的草原也有矮草。

印度草

凌风草

米契尔草

62

许多草原植物有独特的本领能帮助它们在干燥的条件下生存。它们叶子和茎上的软毛帮助它们保持水分。它们的根铺展得很远很广，这样在下雨时它们就能采集水。

试一试 1

试试长"草头发"。拿一个一次性杯子，在上面画一个笑脸。往杯里装进土壤，种一些草种子。让土壤保持湿润，并放在有阳光的窗前。观察杯子的"头发"长出来！

蒲苇

袋鼠草

红顶草

鬣刺草

三叶草开花了。

多水的地方

水群落主要有两种——淡水的和咸水的。淡水群落包括池塘、湖泊、河流和沼泽。在夏天，有的池塘盖满了植物，你很难看到水下有什么东西。海洋沿岸可以发现盐水群落。在那里，潮涨潮落，因此植物有时露出水面，有时处于水下。

生长在水域里或周围的植物为许多动物提供食物和藏身的地方。䴙䴘和其他水鸟用这些植物做巢。麝鼠吃香蒲等植物，也用它们建窝。青蛙经常把卵下在水生植物上。当卵孵化时，蝌蚪就用植物做食物。鲈鱼和其他大鱼躲在水生植物中。它们从这些藏身的地方冲出来咬住粗心的青蛙和小鱼。

水鸟用植物做巢。

大鱼藏在水生植物中。

水群落的植物

水生植物可能一部分长在水下，一部分长在水上。香蒲、水葱、黑三棱和纸莎草等淡水植物有坚硬的根部，让它们牢牢地固定在泥中。有的咸水植物也是如此，包括米草、莎草和红树。

睡莲和莲花植根在池塘底的泥中，在水面上铺展像盘子一样的叶子。巨大

浮萍

莲

的亚马孙睡莲的叶子的直径能长到1.8米。

其他水生植物，例如浮萍和水鳖，在水面上漂浮。它们的根悬垂进水中。它们根本就没有茎。

还有其他水生植物完全生活在水下。甚至连生活在水下的植物也需要空气。淡水植物有些特征让它们能生存下来。这些植物在茎中有气囊。气囊把空气通过茎送到根。它们也能保住植物在水中直立。

红树

纸莎草

水葱

白睡莲

67

针叶树的土地

在北方地区，冬天漫长、寒冷，夏天凉快。北方的土地是云杉、冷杉和其他针叶树的家。这些树在寒冷的地方能很好地生长。

在北方森林里针叶树紧密地生长在一起。那里有很多池塘和湖泊。水獭、麝鼠、驼鹿、鹿和水鸟靠生长在水周围的许多植物生存。猞猁和美洲狮是两种生活在针叶树林中的大型猫科动物。

在冬天，北方森林下起大雪。许多鸟儿飞往南方。松鼠和熊睡去了。其他动物，例如麋鹿，整个冬天都保持清醒并一直很活跃。在春天，雪化了，渗入了土地。这让树木获得了它们所需要的大部分水分。

针叶树能够在世界上的许多地方生活。但是它们在寒冷的北方森林群落生长得最好。

麋鹿

猞猁

北方森林群落的植物

白云杉

刺柏

巨大的北方森林大多数是云杉、冷杉、松树和其他针叶树。这些树能在天气非常寒冷的地方生活。它们针一样的叶子很有能耐,在漫长、干燥的冬天能够保持水分。风吹过针叶时,从针叶穿过,不会让树摇摆得太厉害。针叶树陡峭的形状使得大雪容易滑落,不会压断枝条。

能在北方森林生长的小植物

草茱萸

白桦　蓝莓　北美赤松　北极花

不多。那里的土壤太贫瘠了,阳光也很有限。但是蕨类、木贼、苔藓和一些野花,以及草苿萸、蔓越橘等灌木能在那里生活。

无数的动物生活在热带雨林中。

雨林

许多种树木在一直都很潮湿的地方长得很好。在这些地方,雨下得非常多,因此被叫做雨林。一年到头,雨林中的生活都差不多一样。暴风雨几乎每天都在浸泡着雨林。那里的树木一直都是绿色的。

在热带雨林,白天和夜晚的空气都是炎热的。千百万只动物生活在热带雨林中。动物非常吵闹,在浓荫中大喊大叫。它们多数生活在树上。猴子、猿、鼯鼠、食蚁兽、蛇、昆虫和鹦鹉全都在树枝上建造自己的家。动物在树上进食并在那里筑巢。

很少有动物生活在雨林的地面,那里能找到的食物不多,被天敌吃掉的危险也很大。大树和它们的大叶遮挡住了大部分阳光,使得小植物难以生长。

并不是所有被叫做雨林的地方都很炎热。美国西北岸的温带雨林一年到头都是凉快、潮湿和绿色的。

藤

兰花

雨林群落的植物

雨林是高大树种生长的地方,那里的天气一年到头都是温暖和潮湿的。雨林里的树木全年都保持绿色,而且常常长得很高大。

雨林有三层。顶层的树枝伸到森林的最高处,组成了**露生层**。由巨大树叶组成的大"伞"叫**冠层**。小型树木的树叶有时也能组成一个较低的冠层。

全知道

南美洲乳树的树干分泌的汁液尝起来是甜的。人们能像喝牛奶一样喝它。

许多其他植物生长在树木上层的枝条上。攀缘植物缠绕着树木，向着阳光攀缘而上。兰花等植物长在高高的树枝和树干上。许多开花植物用鲜艳的花朵吸引昆虫、鸟和其他动物来帮助传播花粉和种子。

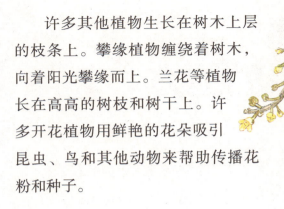

炮弹树

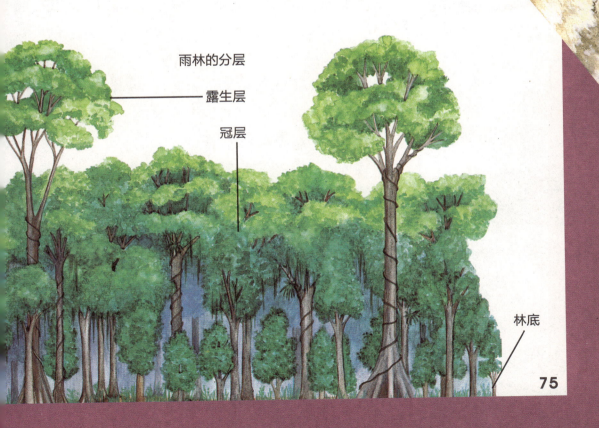

雨林的分层

露生层

冠层

林底

总是
干燥的地方

沙漠看上去像是一个植物难以生活的艰苦地方。那里水很少，土地既硬又干。但是许多植物和动物生活在沙漠里。

沙漠里不经常下雨。而一旦下雨，土地也会很快干涸。因此多数沙漠植物的根都在地面下较浅的地方铺展得很远。这样根能够捕捉到每一滴雨滴。多数沙漠植物把它们能获得的水全都储存起来。

在白天，沙漠看上去毫无生机。多数沙漠动物都藏在能躲避炎热太阳的地方——在岩石下面、地下，甚至在仙人掌的洞中。

太阳下山后，沙漠很快就冷了下来。沙漠啮齿动物出来寻找种子吃。蜥蜴捕捉昆虫。蛇捕捉啮齿动物和蜥蜴。

沙漠有时会下雨。下雨的时候，沙漠鲜花盛开，因为在多数沙漠里有许多种子。但是一旦土地再次干涸，这些植物几乎全都很快地枯萎死去。

在白天，沙漠看上去很炎热，几乎毫无生机。

太阳落山后，沙漠变得凉快，并充满了生机。

沙漠群落的植物

短叶丝兰

沙漠的植物有多种形状、大小和颜色。但是它们有一个共同的特点，就是全都有办法靠很少的水就能生存。

有的沙漠植物在不下雨的时候几乎是死的。但是一旦雨来了，这些植物马上就活了过来。然后它们赶在下一次漫长的干旱之前很快地产生种子。

有的植物，例如仙人球，靠身体膨胀来保存水分。在下雨之前，仙人球看上去就像一个灰色的肿块。但是在下雨之后，它就成了一个肥大的绿球。这种仙人掌植物在茎里储存水。

许多动物喜欢吃沙漠植物来获得水分。但是多数沙漠植物为了保护珍贵的水，长出了成千上万锐利的刺。这些刺还有另一种功能。它们制造阴影。仙人掌通过把成千上万个小阴影投在身上为自己制造出一片阴凉。

试一试 1

你自己看看为什么沙漠里的植物喜欢凉快的晚上。

请一个大人用温水冲洗一个玻璃杯或玻璃瓶，让它变暖。然后把这个杯子擦干倒扣在一个平板上。把它放在一个阴凉的地方一晚上。第二天早晨，你看到了什么？

冰冻的北方

在遥远的北方，在环绕着北极的大海边，有一大块平原叫做**冻原**。多数时候这块平原是荒凉和冰冻着的。有半年的时间，那里的白天也几乎是完全黑暗、没有阳光的。

在春天，当白天的时间变长时，冻原变得温暖，冰融化了。水渗透进了土地。植物突然茂盛起来！在夏天，冻原是一块忙碌的地方。小旅鼠和其他动物吃叶子、根和种子。它们又被狐狸和狼等动物捕捉、吃掉。

北极圈的冬天来得突然而且非常漫长。土地冰冻了。雪堆积起来。多数动物离开了，但是有些留了下来。旅鼠在地下挖洞，靠它们储存的种子活下来。麝牛群从一个地方迁移到另一个地方，用蹄挖来挖去，寻找雪下面的食物。

麝牛

狐狸

越橘

看麦娘

冻原群落的植物

大部分冻原是没有树的平原。甚至在短暂的温暖夏天,也有猛烈、可怕的风吹过大地。因此只有在靠近地面生长的坚强、

羊胡子草

菊芹

石蕊

健壮的植物才能在这个群落生活。这里随处生长着比灌木还小的桦树和柳树。但是苔藓和小型开花植物是主要植物。

83

高高的山上

山上有许多种植物群落。

在非常高的山顶总是覆盖着冰雪。没有植物生长在那里。

往下低一点的山上，雪在夏天融化，许多植物生长得很茂盛。有些吃植物的动物，例如南美洲的小羊驼和西藏的牦牛就生活在这么高的山上。一种叫旱獭的小啮齿动物生活在那里。鼠兔也生活在那里，它是兔子的亲戚。

再低一些的山上，有森林生长。在北美洲和欧洲，你能在这个高度的山上发现熊、鹿、麋鹿、狐狸和昆虫。鳟鱼生活在溪流中。在东非，山地大猩猩生活在凉爽的山上森林中。吃植物的动物，例如鹿，常常在夏天沿着山坡爬上山，又在冬天爬下山，去食物充足的地方。

山脚的植物和动物与生活在周围乡间的是同一类型，无论是森林还是沙漠。

蝴蝶

雪豹

山地群落的植物

最高的山脉覆盖着冰雪，但较小的山脉常常覆盖着草、森林、苔藓和其他小植物。在沙漠地区，山顶可能很干燥，遍布石头。

在往下低一点的山下，小植物贴近地面生长，为了保暖和防风。再往下一点是**树线**。在这条线上，树不能生长。

树线

生长在山腰的树被砍伐当木材。远处的山显示出树线，在树线以上的地方树木无法生长。

在树线沿线，多数树是矮小、弯曲的。在树线以下，树长得高大，组成覆盖山坡的森林。

洼瓣花是一种长在最高的高山上的植物。它纤细的茎能在风中弯曲，因此不会被暴风损伤。高山虎耳草长成一片像个垫子。雪绒花有一种保暖的办法。它覆盖着厚厚一层白毛，就像一件外套防止里面的热量散发。

雪绒花

白杨

华丽百合

高山杜鹃

高山虎耳草

仙女木

无茎蓟

植物为我们做什么？

食物和染料

没有植物制造的新鲜空气，我们甚至无法呼吸！植物还为我们做了很多很多其他事情。它们给我们蔬菜、水果、粮食和我们吃的多数食物。植物也为我们提供建造房子和制造家具的木材。

人们用植物织布，例如用棉花和亚麻织衣服、毛巾和被单。我们也用植物制造纸张、橡胶、线和药。

植物也给了我们快乐。看看、摸摸和闻闻它们都很不错。

木材

衣服

大家喜欢吃的许多食物，例如大米，就来自叫做谷类的植物。

黍子

高粱

谷类

我们的祖先吃野草的种子和咀嚼野生植物的根，吃了很多年。然后，在大约11000年前，他们开始种植喜欢吃的作物。

你也许每天都在吃草！我们想到草的时候，通常想的是草地和野地上的草。但是水稻、小麦、燕麦、黑麦、小米、大麦、高粱和玉米也都是草。这些草叫做**谷类植物**。它们的果实，也就是我们吃的部分，叫做谷粒。

谷类是世界上最重要的一类食用植物。没有谷类，我们就不会有面包、早餐谷物食品、糕点、大米或爆米花。草也为牛羊提供食物，而牛羊给了我们奶、奶酪和肉。

来自小麦的面粉用来做各种面包。

燕麦

玉米

小麦

吃果实和花

果实其实是植物的种子包裹。人们发现很多果实很好吃。鸟和其他动物也这么认为。

有时我们吃整个果实,包括种子,但是如果种子太大或太硬,我们就会把它去掉。人们容易吃下草莓、香蕉、无花果和西红柿果实的种子。但是人们不吃苹果、樱桃、桃和枣的种子。

枣

西红柿

旱金莲

西瓜

苹果

所有这些图画上的美食都是种子、水果或花。

在你吃利马豆、豌豆或小扁豆时，你吃了果实的种子。在你吃四季豆或菜豆时，你吃了整个豆荚，而不止是里面的种子。

许多花都不好吃，但是花菜和花椰菜在花开之前很可口。旱金莲和紫罗兰的花的味道不错，而且让色拉变得更漂亮。

花椰菜

利马豆

花菜

豌豆

全知道

人造黄油是用几种植物的种子榨的油制造的，这些植物包括大豆、向日葵、花生、可可、玉米和棉花。

大黄和莴苣、卷心菜一样，是一种蔬菜。但是只有大黄的茎可以食用——它的叶子有毒！

大黄

吃叶子、茎和根

所有这些图画上的美食都是叶子、茎或根。

莴苣

你喜欢吃的食物中有哪些是叶子、茎和根？很多植物是为了吃它们的叶子我们才去种的。莴苣有不同的形状，从又长又高到又圆又扁的都有。莴苣叶子经常被用来

94

做色拉。菠菜叶能生吃也能煮了吃。它们有丰富的矿物质和维生素。

　　茎也能是很好的食物。芹菜茎能煮了吃或生吃。用大黄的茎做的馅饼很好吃。土豆是一种地下茎蔬菜。

　　你也许会认为洋葱是一种根蔬菜，但是它不是。你吃的洋葱的部位其实是它的叶子。胡萝卜、甜菜和萝卜是根蔬菜。

洋葱

土豆

芹菜

胡萝卜

萝卜

95

选择你的植物！

假定你有一个空碗，还有许多五颜六色的植物食物让你来选，你就能做出一份漂亮的色拉！

怎么做：

你将需要：
● 一张纸
● 一支钢笔或铅笔

1. 首先，在一张纸的上方横着写上种子、根、茎、果实、叶子和花。画上线制作一张类似下面的表格。

2. 看看右页的食物图画。为你的色拉选3种叶子蔬菜，2种水果，2种种子，2种茎，2种花和2种根。

3. 在写下你为色拉做的选择后，翻到下一页，看看你是否选对了。有的答案也许会让你感到意外！

种子	根	茎	果实	叶子	花

97

现在，去做你计划好的色拉吧！把你选中的所有植物食物放进一个碗里，浇上色拉调味料，把色拉混好。味道好极了！

答案:

种子
芝麻,向日葵,青豆。

根
萝卜,甜菜,胡萝卜,豆薯。

茎
芹菜,荸荠,竹笋。

果实
西红柿,黄瓜,青椒,橄榄,小胡瓜。

叶子
洋葱,欧芹,莴苣,卷心菜,菠菜,芝麻菜。

花
花菜,花椰菜,旱金莲。

甜菜

一个工人在收割甘蔗。在糖分全被榨出之后,甘蔗的木质茎可以用来制造纸、燃料、饲料和建筑材料。

胡椒薄荷

来自植物的调味品

如果没有植物,生活不会这么有滋有味。为什么?因为很多种让食物吃起来好吃的调料、香料和甜味剂是从植物来的。

食糖主要来自两种植物:甜菜和甘蔗。甜菜生长在欧洲大部分地区,那里的气候相当温和。甜菜根的形状就像肥大的白色胡萝卜。人们将甜菜根切碎，放在水里煮。这样得到的甜水被用来做成糖。

枫糖浆来自北美洲的糖枫树。糖分在这种树分泌的汁液中。在树上钻洞，汁液就流了出来。

几乎所有用来刺激你的舌头的香料也都来自植物。胡椒薄荷油来自用胡椒薄荷的叶子提取的油。胡椒粉是用一种灌木的浆果干燥、碾碎做成的。桂皮是一种树皮。芥末是用芥菜的种子碾碎了做成的，芥菜是一种开黄花的小药草。

蜂蜜也来自植物。蜜蜂用它们从花中采集来的花蜜酿造蜂蜜。

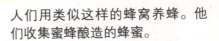

人们用类似这样的蜂窝养蜂。他们收集蜜蜂酿造的蜂蜜。

101

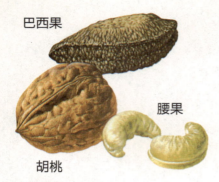
巴西果
腰果
胡桃

可乐果
美洲山核桃

桃

橙

葡萄

聚会用的植物

现在是聚会娱乐时间！桌上堆满了饮料和甜点，它们全都来自植物。

想要喝点果汁吗？几乎各种水果都能用来榨果汁。杏、桃、橙、苹果、葡萄、番石榴和西番莲，甚至柠檬——这些全都可以用来做可口的饮料。来一杯嘶嘶冒泡的饮料怎么样？可乐是用一种热带树木可乐树的坚果来调味的。

巧克力是用可可豆做成的，可可树主要生长在非洲。椰子是椰树硬壳种子的"肉"。甘草来自甘草植物干燥的根。香草精来自香草兰的果实。

做巧克力脆片

这是一种好吃的点心，做出来让大家在聚会上吃。请大人帮你用炉子！

你将需要：
- 50克早餐谷物食品
  （玉米片或脆爆米）
- 25克黄油
- 2勺果葡糖浆
- 25克可可粉
- 25克糖粉
- 一个木勺
- 一个炖锅
- 小纸杯

怎么做：

1. 请大人帮你用温火在炖锅里熔化黄油和果葡糖浆。混均匀。

2. 关掉炉火。加进可可粉和糖粉。混均匀。然后放进谷物食品轻轻搅拌。

3. 把混合物装进纸杯中，冷却30分钟。配一杯牛奶或水，让大家品尝你做的巧克力脆片！

在菲律宾，有些人用竹子建房子。

用植物搞建筑

如果你要建房子，用当地的材料来建是最好不过的了。生活在森林附近的人们用生长在那里的树木来建。住在竹林附近的人们巧妙地用**竹子**来建造很多东西。

竹子其实是一种草。它能长到37米高，竹竿直径能达到30厘米。亚洲许多农民住在竹房子里,并且把鸡和猪养在竹笼子里。他们挖空竹竿做成水管给庄稼浇水。

竹子也帮助人们搞建筑。坚固的竹竿是建造轻便平台的好材料。竹竿浇灌上混凝土可用来做建筑物的牢固构架。在中国,傣族人把房子建在用木头和竹子做成的柱子上。

灯芯草和芦苇等水生植物在它们生长的地方也是非常重要的建筑材料。

竹子

芦苇

阿拉伯湿地上的房子。

105

用来穿的植物

棉制运动衫

棉树

植物向我们提供了许多用来做衣服的产品。你喜欢的运动衫很可能是用棉花做的。你的鞋子坚固、防水的鞋底很可能是用橡胶做的。

棉花来自棉树的果子。在棉花果子成熟时，看上去就像绒毛球。绒毛能被捻成线，再织成布。

亚麻和麻的秆里有丝状的**纤维**。它们干燥后，剥去皮，然后连成长条，就能被纺成线。亚麻纤维纺织成一种细布叫亚麻布。麻线比较粗糙，用来做毯子和绳子。

橡胶树常常生长在称为种植园的大森林。为了从橡胶树里得到橡胶，工人要斜着在树皮上割口。叫做胶乳的汁液从割口冒出来，滴进放在下面的容器里。胶乳被送到工厂做成橡胶。

胶乳从橡胶树里冒出来。这种汁液用来制成橡胶制品,例如运动鞋的橡胶底。

木材和纸

世界的森林给了我们木材。木材用来造很多东西。山毛榉、橡树、桃花心木、柚木和胡桃这些树的木材既坚固又好看,用来建房子和制造优质家具、乐器和木雕。松树、云杉和雪松的木材用来制造大到房子、家具,小到铅笔之类的各种东西。

世界上生产的木材大量地被用来造纸。没有纸,我们就没有书籍,没有纸板,也没有报纸。纸张大多是用木浆制造的。用成千上万棵树的木材制造的纸张只够用来印一期大型日报。

　　明智的林务员会精心种树来取代被砍伐的树，但是人们应该尽可能重复利用和回收纸张，这也很重要。保留废纸能从斧头下保留树！

棒球棒和曲棍球棒

房子、桌子、凳子和地板，
划艇、铅笔、书桌和门板，
棒球棒和曲棍球棒，
魔术师的魔术箱。
所有的这些东西，
都靠加工木材来实现。

氧气！

你知不知道，地球上的每一株绿色植物都像某种工厂？从日出到日落，每一株植物都在制造食物。在制造食物的同时，绿色植物释放出一种眼睛看不见的叫**氧气**的气体。

氧气是一种非常重要的气体。人和动物必须要有氧气才能生存。人和动物在呼吸时吸进了氧气。你也许会认为所有的氧气不久就会都用完了。它会的，如果我们没有绿色植物的话！植物整天都在把氧气释放进空气中。

人和动物也回报了植物。人和动物呼出一种叫**二氧化碳**的气体。植物需要很多二氧化碳来为自己制造食物。

植物能吸收利用人和动物呼出的二氧化碳。植物释放出氧气，让人和动物吸进去。

观察植物制造氧气

你能观察植物在制造氧气。

怎么做：

1. 如果你没有漏斗，请大人帮你把1升装饮料瓶的顶端剪下来做成漏斗。

2. 把坛子或碗横着放进水池中，漏斗和瓶子也放进去。往水池里放水，让水的深度能够淹没这些容器，并将它们装满水。

3. 把伊乐藻放进坛子或碗中。在这些容器都还在水下时，把漏斗宽口的一端横着放进坛子或碗中，扣在植物上面。把瓶子扣在漏斗上。

4. 如右图所示，把坛子或碗立起来，连同里面的植物、漏斗和小瓶子。瓶子应该装满了水，一直装到顶。把它们放在有阳光的地方。

   几个小时后，小瓶子顶端将充满了气泡。它甚至可能有一大片空间。怎么回事？伊乐藻整天都在制造氧气。氧气把一些水压出了瓶子。

你将需要：
- 一株伊乐藻（你能在卖养鱼用品的宠物店找到这种植物）
- 一个广口坛子或玻璃碗
- 水
- 一个透明漏斗或一个1升装的塑料饮料瓶
- 一个透明的小瓶子

植物提供能量

所有的动物都需要绿色植物才能生存,即使它们不吃植物。

植物利用阳光、水和空气生长并储存能量。在动物吃了植物后,它们就从植物那里获得了能量。例如,在牛吃草后,它就吸收

在你吃动物的肉、蛋或喝动物的奶时,你就从被动物吃掉的植物那里获得了能量。

了储存在草中的能量。它用这些能量的一部分来生长——制造骨骼和肌肉。它也用这些能量的一部分来制造牛奶。鸡也吃植物食物。它们用这些能量来生长和生产鸡蛋。

你喝了牛奶或吃了鸡蛋，你就吸收了这些植物能量的一部分到你的身体去。有的人不吃肉，他们的能量全部是直接从植物那里来的。

健康植物

几千年来，人们用植物来制造温和的药物和杀菌剂。芦荟的汁液有助于烧伤的痊愈。韭葱不仅能用来做可口的汤，而且涂

很久以前，人们从类似这样的药草商人那里买草药。

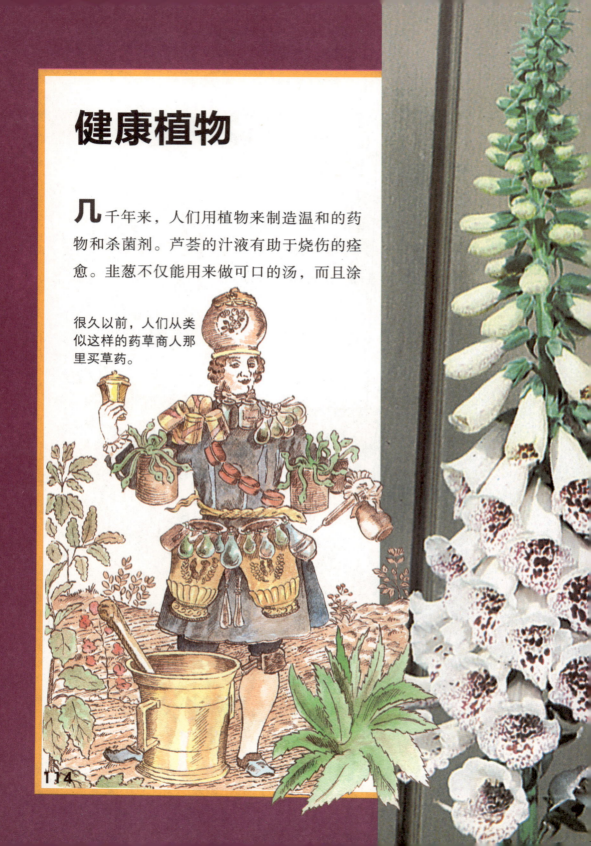

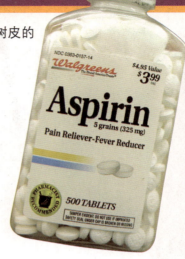

阿司匹林是用来自柳树皮的一种化学物质制造的。

在被虫子叮咬的地方还能缓解疼痛。

　　植物也用来制造很有效的药物。这些药物是在实验室里制造出来的，人们从医生那里得到它们。毛地黄的叶子以及它那高大、漂亮的花用来制造洋地黄制剂。这种药物用来治疗某些心脏病。用金鸡纳树的树皮制造的药物奎宁有助于让高烧退下来。

　　关于这些植物，你应该记住很重要的一点。它们全都有毒。如果你吃了它们，你可能会死。但是当这些植物被用来制药时，它们帮助人们恢复健康。

芦荟的汁液
有助于烧伤
的痊愈。

毛地黄（左）被
用来制药。

115

这个女孩正在演奏一种用竹子做的长笛。

美好植物

花并不是我们从植物得到的唯一一种美好的东西。植物还可以用来制造乐器、香水、染料，甚至首饰。

交响乐队用的小提琴和单簧管，以及民间音乐家和摇滚音乐家用的吉他，都是用树木制造的。许多亚洲乐器是用竹子制造的，包括一种叫做尺八的日本笛子、中国的箫和巴厘岛木琴。

许多种迷人的香水是用花油制造的。人们也用花、浆果和树皮的汁液来给布料染色。今天，多数染料都是用煤焦油制造的。煤焦油染料也来自植物，因为煤来自很久以前死去的树。

项链和其他首饰常常也用一种叫琥珀的黄色石头制造。琥珀一开始是古代常青树分泌的一种黏胶。经过了几百万年之后，这种胶变硬成了石头。

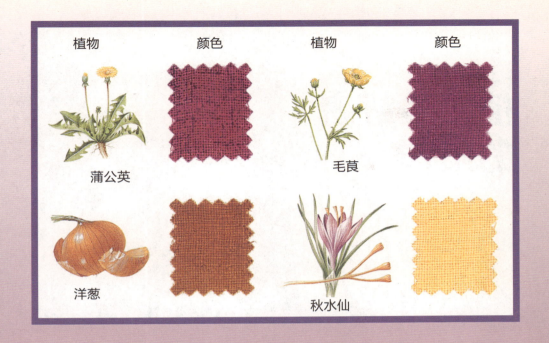

琥珀念珠

117

植物爱好者的工作

你是否想知道植物究竟是怎么生活和生长的？你是否撕开过一朵花看看里面有什么？是的话，也许有一天你会想去做和植物有关的工作。

植物学家研究植物。他们观察植物的特征，以及植物在哪里和怎样生长。

植物学家可能研究自然环境中的植物，例如水中的植物（下），或温室中的植物（上），他们也可能在实验室里工作（右上）。

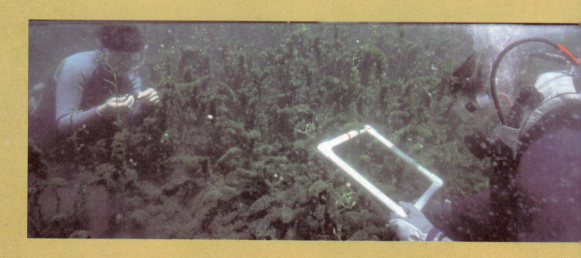

118

化学家常常研究从植物制造新产品的方法。他们是那些发明类似玻璃纸（一种可用来包装食物的透明、光滑的材料）的人。人造黄油、面霜和许多其他有用的产品也都是用植物制造的。

农学家是帮助农民种植粮食养活世人的科学家。他们探索让植物长得更大更健壮的方法。他们研究土壤，让它长出更多的东西。他们研究控制杂草的新方法。

一名农学家正在测试土壤，研究植物的最佳生长条件。

119

园艺师、风景园林师和其他工人种植、照看你在公园、动物园、野生动物保护区和花园里看到的花和树。园艺师和风景园林师也为小镇和城市工作。他们种植和照看街道旁和公共建筑物周围的树木、灌木和花坛。有的园艺师栽种植物和鳞茎用于销售。人们买来它们栽种到自己的家中或花园中。

这些园艺师正在除草和修剪植物。

花艺师是园艺师和艺术家的结合。花艺师卖植物和花。他们也制作你在特殊场合见到的美丽花束。

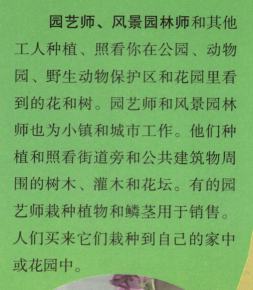

花艺师在挑选花制作花饰。

摄影师和艺术家也能从事和植物有关的工作。植物图片常常被用在杂志、年历和书上。受过专业训练的艺术家画的植物看上去就和照片一样逼真。

这名摄影师专门拍摄植物照片。

你的花园是怎样生长的？

外面的花园也许是一小块地，也许是一大片果园。蔬菜和浆果熟透了，鲜美多汁。鲜花盛开，五彩缤纷。它们让窗台的花箱亮丽，引诱蝴蝶飞到放在门廊、窗架和阳台上的花盆上。

先从建一个室内花园开始，你会更加享受大自然。花盆里的绿叶鲜艳可爱。药草闻起来和吃起来都让人心旷神怡，晒干了能保存得更久。生态箱能种上很多植物，看上去像一片小丛林。

当一名园丁吧。就从下面提供的园艺窍门开始做起。

种子

郁金香

锦紫苏

这些植物在窗台上长势良好。

天竺葵　　　细香葱　　　常春藤

室内花园

你想有一个属于你自己的室内花园吗？一种办法是去买一些室内植物。喜林芋、虎尾兰、玉树、橡胶树这些在热带地区野生的树，是很好的室内植物。这些植物不需要太多的光线——只要有一个温暖的房间、一点水和偶尔清扫一下。

124

你可以把室内植物放在窗台上或靠近充足阳光的桌上。花盆底下有洞让水渗出，因此在每个花盆底下要放盘子接水。如果你的植物长大了，你可以把它们转移到大花盆里！

你可以把植物种在干净的罐头铁罐或纸盒中。请大人在这些自制花盆底下钻几个小孔。常春藤或喜林芋这类植物种在玻璃碗中很好看。但是玻璃碗的底部要铺一层沙子接住土壤渗出的水。

试一试

1 你也可以不买植物，而是向朋友或邻居要插条。插条是从植物上剪下来的茎或枝条。剪插条并不伤害植物。把插条插到一杯水中照太阳，直到它长出根。然后把它种到土壤中。

这些植物在室内也长得很好。

锦紫苏　　　　　仙人掌

125

试一试 2

玻璃中的花园

生态箱是一种玻璃容器中的室内花园。在19世纪30年代，英国一位名叫纳撒尼尔·沃德的医生首先在生态箱中研究植物是怎么生活的。他发明了一种用玻璃和木头制作的箱子，用来让植物在漫长的航海旅行中不至于死去。为了纪念沃德医生，这种生态箱被叫做沃德箱很多年。制作你自己的生态箱吧，那就像有了一片完全属于你自己的微小森林。

石松

金叶过路黄

你将需要：
- 一个有盖子或罩上薄膜的玻璃盒子、碗或坛子
- 小石子
- 花土
- 木炭
- 水
- 小植物

獐耳细辛

怎么做：

1. 在底部铺一层小石子，用来接住排水。在石子上面铺一层碎木炭，用来增加排水。把花土铺在木炭上面。给土壤浇水，直到它湿透，但是不要太湿，避免使它成了泥浆。

2. 选择你的植物。最适合种在封闭的生态箱中的植物是那些喜欢潮湿条件的植物，例如蕨类、非洲紫罗兰、苔藓或非常小的常青树。布置植物，让你的生态箱看上去像一个微小的森林。记住要为它们的生长留下空间。

3. 把你的生态箱放在一个明亮但没有阳光的地方。如果你给生态箱加盖，里面的温度和湿度应该会保持平衡。如果玻璃变得太潮湿，把盖打开一会儿。

你可以把植物种在大瓶子中，做成一个漂亮的生态箱。

室外花园

种室外花园非常有意思！看着小小的绿苗从你撒种的地方破土而出，真是令人激动。

你想要什么样的花园？一个充满了生脆可口的蔬菜的花园？或者一个种满鲜花，色彩和芳香令你心旷神怡的花园？你如果要种一个室外花园，所需要的只是一小块土地。请大人帮你找一个好地点。

室外花园能够同时成为植物和动物的美好家园。你能在上面的花园中找出10种暗藏的动物吗？答案在第131页。

试一试 1

多数花园在阳光充足的地方生长得最好。喜欢阳光的植物包括丝兰、天竺葵和欧蓍草。如果你生活在一年大部分时间天气炎热、干燥的地方，你可以种植大戟和仙人掌。

但是你也可以在阴凉的地点开辟花园，只是你必须选择喜阴的植物。玉簪、凤仙花、秋海棠和蕨类全都是喜阴的植物。

你可以买到各种植物的种子和鳞茎。如果种子非常细小，你可以把它们种在室内的一盆土中。给它们盖上一点土，然后浇水。把它们放在一个温暖的地方，但是要避免阳光直射。小植物在长大到你能搬动时可以种在外面。

天竺葵

梨果仙人掌

秋海棠

129

为了让你的花园一开始就有最好的条件，你首先需要把土地整理好，拔掉所有的杂草。你的花园不想要的任何植物都是杂草。然后翻挖土地，让土壤变松散。一排排划分出播种或栽种的位置。把一根尖头棍子戳进土中，戳好孔洞用来播种。你需要一把铲子用来栽种小植物。就像用一把大勺子一样，用它铲出孔洞。给种子或根轻轻地盖上土壤。

答案: 1.浣熊; 2.蜘蛛; 3.花栗鼠; 4.蝴蝶; 5.鸟; 6.螳螂; 7.松鼠; 8.蜂鸟; 9.兔子; 10.蜻蜓。

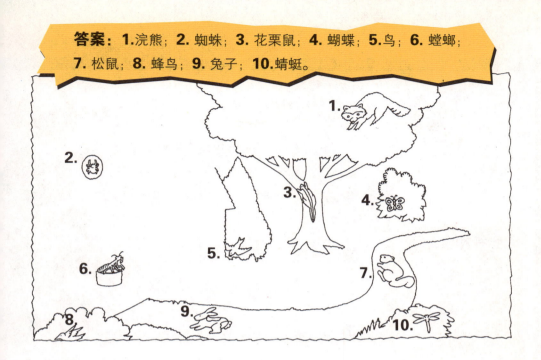

给花园浇水,直到土壤湿润,但是不要浇过头成了泥浆。浇水的最佳时间是傍晚或早晨。这样,水能渗进土壤,不至于让太阳将水晒干。

到了初夏,花园植物通常长势良好,但是杂草也是这样!你可以用手拔掉杂草,也可以用锄头把小杂草轻轻锄掉。

到了收获的季节,你的花园将会回报你所有的辛勤劳动。五颜六色的鲜花在花瓶中看上去很漂亮。好吃的水果和蔬菜在吃饭时间很受欢迎!

试一试 2

自己种向日葵

印第安人一度用葵花子磨粉做面包和浓汤。今天，人们还很喜欢吃葵花子当零食。这里告诉你怎么种向日葵。

你将需要：
- 几粒带壳的向日葵种子
- 一大块阳光充足的土壤
- 水
- 几个树桩
- 带子

怎么做：

1. 把种子播在大约2.5厘米深的地方。

2. 每天给地浇水。幼苗将在10～14天后长出。

3. 在幼苗长到大约10厘米高时，移动它们，让它们之间相距大约60厘米。

4. 向日葵长得非常快。它们能长到高达3米，花能像菜盘子那么大！用带子把每株向日葵各系在一根杆子上，让它长高。

5. 花干了以后，剪下花头，把种子刮到报纸上。剥掉一些种子的壳，加到色拉中，或者在炉子中烤。撒一些种子喂鸟。把其余的种子存在信封中，供第二年栽种。你也许永远都不需要再买葵花子了！

做一个简单的百花香

人们做干燥芳香植物和香料的混合物放在家中，让家里充满好闻的气味。这些混合物叫做百花香。用下面这个配方为你的房间做一些百花香。

怎么做：

1. 在一个小碗中，把丁香、桂皮和盐混合做成香料混合物。

2. 把花和药草放进一个塑料容器中。

3. 把香料混合物撒到花和药草上。加入鸢尾根、安息香树胶或更多的盐。如果喜欢的话就加入香精油。轻轻地混好。

4. 把容器盖紧，竖立起来。每隔一两天摇一摇，把各种成分混好。过2～4星期后，把混合物放进一个漂亮的篮子或碗中。

你将需要：
- 一个小碗
- 一个带盖的塑料容器
- 一勺碾碎的丁香
- 一勺碾碎的桂皮
- 2勺不加碘的盐
- 大约2杯干燥香花和药草，例如玫瑰、熏衣草、百里香或桉树叶（翻到135页看看怎么制作它们）
- 一小勺鸢尾根、安息香树胶或盐（可从工艺店或草药店买到）
- 3～4滴香精油（可不用）

133

药草花园

药草用来做好茶，给食物调味，缓解疼痛，减轻疾病，而且很好闻。如果新鲜药草你能唾手可得，你觉得怎样？你可以种一个药草花园。

如果你生活在阳光充足而且干燥的地方，你可以试试在外面种琉璃苣或香花薄荷。细香葱、雪维菜、柠檬香蜂草和薄荷等药草在阴暗的地方长得好。

你也能在花盆中种药草，放在室外或窗台上。这类药草很多，罗勒、香薄荷、芫荽和迷迭香只是能用这种办法种好的药草中的少数几种。

自己晾干药草

许多药草吃新鲜的也很好吃。但是你可以晾干一些药草供以后使用。

怎么做：

1. 用橡皮筋把新鲜药草的茎成束捆起来。

2. 用绳子把药草束系到衣架上。

3. 把衣架挂在温暖、干燥的地方，挂大约一星期，或者挂到直到叶子很容易就弄碎。

4. 把干燥的药草装进罐子或瓶子中。给罐子做标记，这样你才能知道每个罐子都装了什么药草。问你的父母哪种菜肴能把你的干燥药草加进去。送一罐给你的朋友！

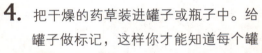

鼠尾草　百里香　薄荷　欧芹

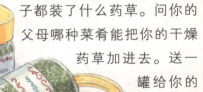

你将需要：

- 新鲜药草，例如牛至、罗勒、迷迭香、莳萝或百里香（最好是来自你的花园）
- 橡皮筋
- 金属衣架
- 绳子
- 小罐子或瓶子

135

能吃的花园

古希腊人非常喜欢萝卜，因此他们把黄金装饰品做得像萝卜一样，把这些金萝卜献给他们的太阳神阿波罗。

没有什么东西的味道能比得上你自己种的萝卜或其他食物了。要种些食物，你需要一小块能得到充足的阳光的平地。

黄瓜和小胡瓜在桩上长势良好。它们将爬上栅栏或篱笆。豆类也是很好的攀缘植物。

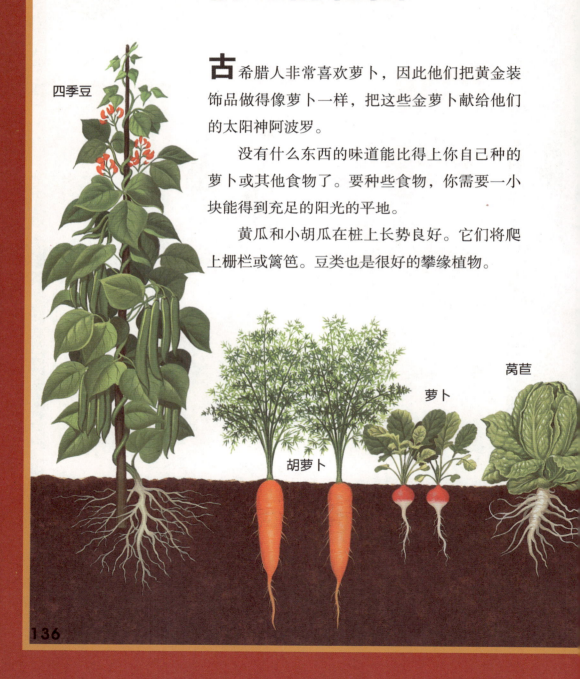

你能用这种办法种土豆：把土豆切成片，种土豆片。确保你种的每个土豆片上面都有一个小芽，也就是芽眼。

菊苣、莴苣和卷心菜是很受欢迎的叶子蔬菜。许多人种大黄，它年复一年会自己长出来，在阴暗的地方长得好。那些既好看又好吃的植物包括茄子、甘薯和许多种胡椒。

试一试 2

许多人认为西红柿是蔬菜。它们其实是西红柿藤的果实。你可以自己种一些西红柿。很简单！有的西红柿品种能种在桶里。其他的品种应该种在地里，相距大约60厘米。把茎系在桩上支撑住。注意经常浇水灌溉，采摘并享受它们！

西红柿

黄瓜

一年生花卉

人们在春天种的花卉多数是一年生植物。**一年生植物**是那些只能生活一个生长季节的植物。它们在春天种下的种子发芽。在夏天,它们的花朵开放并制造种子。在秋天,植物死去了。园丁保存下种子,或买新的种子,在春天栽种。

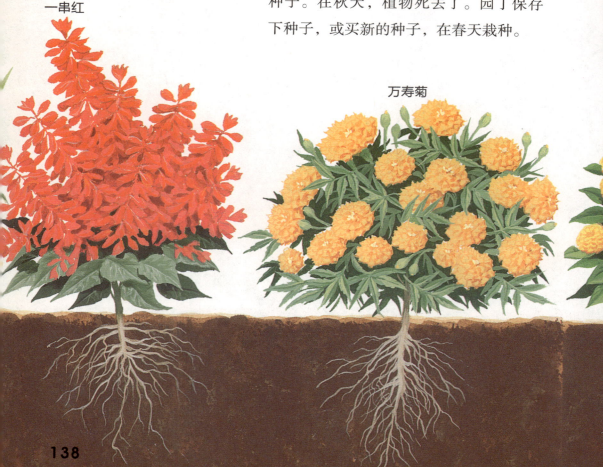

一串红

万寿菊

你能在许多店里买到成袋成袋的花种子。你也能买到在温室里从种子长出来的小植物。种子袋子或植物容器上的标签会告诉你什么时候种和怎么种。

香豌豆

金鱼草

百日菊

多年生花卉

有的花卉不必每年都种。你只需种一次,然后把它们留在地里。从那以后,它们每年都开花。例如,郁金香每年都开出美丽的杯状花。百合花有刀片一样的花瓣和雪白的雄蕊。

每年都开花的植物叫做**多年生植物**。许多多年生植物从鳞茎或从叫做**球茎**的类似鳞茎的部位长出来。鳞茎是地下茎。它们由许多覆盖

飞燕草

郁金香

藏红花

着厚厚的、肉质的叶片的小茎组成。洋葱、郁金香和百合都从鳞茎长出。球茎和鳞茎非常相似，但是它们的叶子较小、较薄。藏红花和剑兰从球茎长出。

多数鳞茎和球茎应该在秋天种植。但是它们的包装上的说明会告诉你种植它们的最佳时间。

许多多年生植物需要在冬天受到保护。种子或鳞茎的包装上的说明或园艺书籍会告诉你应该怎么帮助这些植物过冬。

会说话的花园

> 刘易斯·卡洛尔的《镜子背后》讲述了一个小女孩在一个神秘地方冒险的故事。在这一幕，名叫爱丽丝的小女孩碰见了一些非常特殊的花朵。

爱丽丝走到了一个大的花床旁，花床边上种着雏菊，中央长着柳树。

"啊，虎皮百合，"爱丽丝见到一朵虎皮百合在风中优雅地挥舞着，自言自语地说，"我多么希望你会说话！"

"我们会说话，"虎皮百合说，"有值得交谈的人时我们就会说话。"

爱丽丝惊讶极了，有一会说不出话来。她目瞪口呆。最后，在虎皮百合继续挥来舞去时，她又怯生生地开口了，声音低得就像是说悄悄话:"是不是所有的花都会说话?"

"你会说我们就会说,"虎皮百合说,"而且声音比你响亮得多。"

"你知道,我们不习惯先开口说话,"玫瑰说,"我其实一直在奇怪你什么时候会开口!我对自己说:'她的脸蛋看上去并不傻,虽然不是很聪明!'"

然后虎皮百合发表评论说:"如果她的花瓣再向上弯曲一点,就正合适了。"

爱丽丝可不喜欢被批评,因此她开始问问题了:"你们被种在这里没人照看,你们难道不会有时候感到害怕吗?"

"在中央有树在呢,"玫瑰说,"它不照看我们还能干啥?"

"但是在危险来临时,它能做什么呢?"

"它会说'嚓嚓刷刷!'"一朵雏菊喊道,"这就是为什么它的树枝也叫树杈!"

"这你难道不知道?"另一朵雏菊喊道,然后它们全都开始一起喊,空气中似乎充满了小小的尖叫声。"安静,你们全都安静!"虎皮百合喊道,猛烈地摇来摇去,激动得发抖。"它们知道我无法把它们怎么着!"它气喘吁吁地说,向着爱丽丝弯下颤动的头,"否则它们不敢这么做!"

"没关系！"爱丽丝用温柔的语气说，然后对着雏菊弯下了腰，它们又要开始喊，她低声说，"如果你们不闭嘴，我就摘掉你们！"

安静了一会儿，有几朵粉红色的雏菊变成了白色。

"对头！"虎皮百合说，"雏菊是最糟糕的。一旦有一个开口，它们就全都一起开口，听到它们这么不停地喊，足以让人凋谢！"

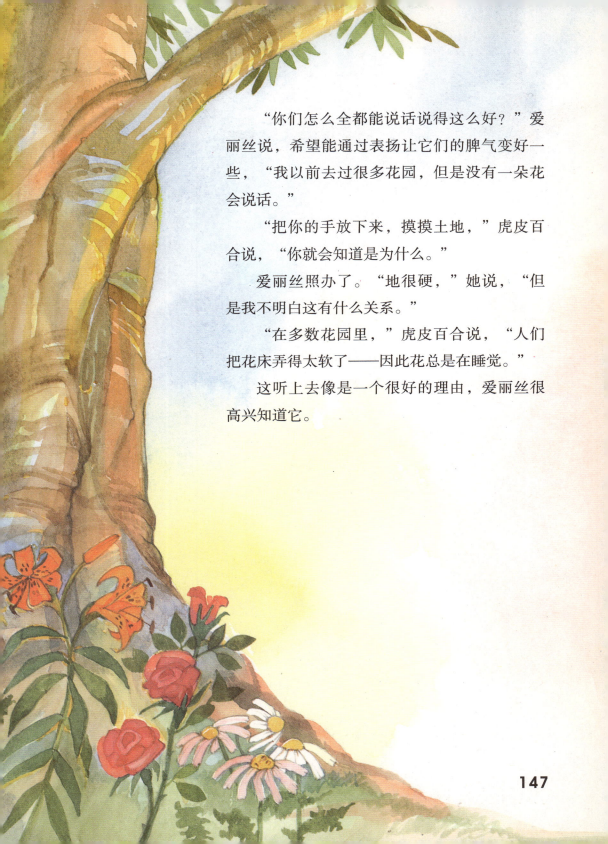

"你们怎么全都能说话说得这么好？"爱丽丝说，希望能通过表扬让它们的脾气变好一些，"我以前去过很多花园，但是没有一朵花会说话。"

"把你的手放下来，摸摸土地，"虎皮百合说，"你就会知道是为什么。"

爱丽丝照办了。"地很硬，"她说，"但是我不明白这有什么关系。"

"在多数花园里，"虎皮百合说，"人们把花床弄得太软了——因此花总是在睡觉。"

这听上去像是一个很好的理由，爱丽丝很高兴知道它。

蝴蝶花园

很难想象还有什么会比在阳光明媚的花园里闪烁着的蝴蝶翅膀更美丽的了。只要选对了植物,你就能种出一个吸引蝴蝶的花园。

蝴蝶喜欢吸蜜,因此五颜六色的鲜花制造了许多甜甜的花蜜来吸引它们。野胡萝卜的花吸引北美黑凤蝶。须苞石竹、熏衣草和天芥菜的香气也会吸引蝴蝶到你的花园来。蝴蝶草、向日葵和牡丹也是蝴蝶喜欢的花卉。

蝴蝶也会到花园来把卵产在它们的幼虫喜欢吃的植物上。马利筋就是一种这样的植物。帝王斑蝶的幼虫吃马利筋。北美黑凤蝶的幼虫

吃欧芹。有几种蝴蝶幼虫吃荨麻和三叶草。

　　为了欢迎蝴蝶,你可以放上一些平坦的大岩石让它们停在上面做"日光浴"。你也许还能提供一些水坑让它们饮用。

全知道

毛毛虫是蝴蝶的幼虫。毛毛虫从蝴蝶产下的卵孵化出来。它们吃叶子长大。一段时间后,它们变成了蝴蝶。

蝴蝶和它们的幼虫将会访问种满芳香植物的花园。

149

鲜艳的小花最适合种在岩石花园里。

岩石花园

如果你的花园有一块阳光充足的斜坡，就像一个小山丘，你可以建一个岩石花园。它应该看上去就像是一个小小的山坡，鲜艳的小花在岩石中生长。

首先，搬一些岩石到斜坡那里。为它们挖一些浅洞。把最大的岩石放在底下。把较小的岩石沿着斜坡往上垒。把其中一些岩石放在一起，把另一些岩石分开放。每个岩石至少有一半埋在土壤里。

最后，在岩石之间种小型蕨类和开花植物。最好是种那些生长高度不超过30厘米的植物。

这个岩石花园看上去就像一小块山坡。

你的岩石花园不会像这个那么大。但是如果你努力去做，也能让它变得很美。

花园里的岩石形成的幽僻角落最适合蕨类生长。

在过去，人们到屋外厕所上厕所。许多人在屋外厕所的附近种上气味香甜的紫丁香，让周围的气味变得好闻。

芳香花园

植物最美妙的好处是有些植物能散发芳香。迷人的气味来自它们的花朵或叶子。

　　气味香甜的玫瑰在全世界都受人们喜爱。香豌豆是一种芳香攀缘植物。铃兰细小、白色的铃状花朵有强烈的香气。许多人认为天芥菜闻起来像香草、苹果或樱桃馅饼。有一种秋英闻起来像巧克力。

全知道

2000年前埃及女王克利奥帕特拉有一个芳香花园。她用采自芳香植物的油当香水洒到身上。

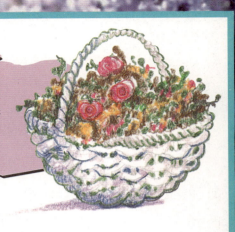

芳香开花灌木包括白茉莉和栀子。香桃木的叶子被压碎时有一种辛辣气味。瑞香和紫丁香也是受人喜爱的芳香植物。

鲜花让空气充满了迷人的芳香。

日本花园

花园世界

在 世界上每个地方,人们都有他们喜欢的某种类型的花园。在正规的花园,花卉摆成方形、圆形或奇特形状。灌木常常被修剪成尖状、方形或球形。花园小径长而笔直。在日本,许多花园里建有小桥。在印度,花园常常有长满睡莲的池塘。夏威夷的花园可能有很多蕨类植物。世界其他地方的园艺师常常模仿这些受人喜爱的花园。

这只树袋熊永远都不用吃东西!它是在一个澳大利亚花园里修剪成树袋熊形状的矮树。

在一个正规的法国花园里种着灌木和花。它们被修剪成规则的形状和线条。

看护森林

森林和花园一样需要看护才会保持茂盛、充满生机。看护森林的人叫做**林务员**。在美国,有几种不同的林务员。有的林务员为政府工作。他们看护国家公园和森林,让人们有地方野营、观光、打猎和钓鱼。

其他林务员在林业和纸业公司拥有的林地上工作。他们培育和看护用来建造房子、制造家具和造纸的树木。

所有的林务员都保护树木免受昆虫、动物、火灾和疾病的危害。他们确保用年轻、健康的树木取代不健康的树木,并让年轻的树木长成健康的大树。林务员也种植新树木来取代被砍伐的树木。

这名林务员正在一个苗圃照料松树苗。不久树苗会被移植,并长成一片新森林。

一名苗圃工人在照料冷杉树苗。

一名林务员在树林受到破坏的地方种新树。

花的名字

你是否想过有的野花的名字是怎么得来的？

雏菊看上去有点像一个眼睛。像眼睛一样它在每天早晨开放。因此，在很久以前英国人把它叫做"day's eye（白天的眼睛）"。随着时间的流逝，这个名字演变成了daisy（雏菊）。

雏菊

铃兰

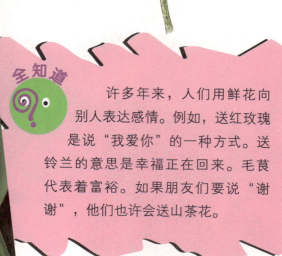

全知道

许多年来，人们用鲜花向别人表达感情。例如，送红玫瑰是说"我爱你"的一种方式。送铃兰的意思是幸福正在回来。毛茛代表着富裕。如果朋友们要说"谢谢"，他们也许会送山茶花。

毛茛的英文名字叫buttercup（黄油杯），这是因为它看起来就像是一个用黄色牛油做成的小杯子。很久以前，人们想象牛油之所以是黄色的，是因为牛吃了毛茛。但是这是错的。牛油的颜色的确来自牛吃的东西，但是牛并不吃毛茛。

全知道

毛茛科的学名ranuncu-lus的拉丁文意思是"小青蛙"。古罗马科学家老普利尼用这个名字命名这些花，是因为它们生活在潮湿的地方，就像青蛙！

毛茛

马利筋的英文名字叫milkweed（乳草），这是由于这种植物被切割时，从茎里流出白色的汁液。这种汁液看上去像奶。这种汁液被太阳晒干后，就像一个乳胶绷带盖住了伤口。

马利筋

159

许多年来,生活在世界不同地方的人们都吃蒲公英春天长出的嫩叶。他们认为这种叶子参差不齐的边缘看起来就像一排牙齿。因此,很久以前,法国人把这种植物叫做dent de lion,意思是"狮子的牙齿"。对英国人来说,dent de lion听上去就像dandelion,他们就这么叫蒲公英!

蒲公英

有一朵漂亮的蒲公英,
可爱的头发毛茸茸,
它们闪耀在阳光中,
迎着夏天的微风。
但是,唉!这朵美丽的蒲公英
不久就老去,白发苍苍;
说来伤心!她那迷人的头发
被风吹向了远方。

猫薄荷

　　许多猫都喜欢的一种植物叫做猫薄荷！一只猫如果发现一丛猫薄荷，也许会高兴地在它的叶子中间翻来滚去。许多猫主人把填充了猫薄荷干叶子的球或玩具给他们的宠物。

　　有些人也喜欢猫薄荷，但是通常不会在里面翻滚。他们把猫薄荷干叶子放进滚烫的开水中，再加一点蜂蜜，做成猫薄荷茶。

在丛林中开路

植物也需要帮助

植物也像人一样会生病。昆虫和其他动物能吞吃植物直到把它们吃死。火能把它们变成一堆灰烬。汽车和工厂排出的污染空气能让植物窒息而死。当土地被挖掘用来建造新工厂、房屋和停车场时，植物失去了它们所需的生存空间。

为了获得优美的环境、食物和新鲜空气，每个人都依赖于植物。因此我们都需要拯救它们，照看它们。

兰花

濒危植物

濒危植物需要人们的帮助才能生存。一种植物如果接近消失或即将灭绝，它就是**濒危**植物。科学家认为有多达20000种不同的植物是濒危植物。

大花草是世界上最濒危的植物之一，因为它生活的雨林正在遭到毁灭。大花草能开出世界上最大的花。它的花能长到90厘米宽，闻起来就像腐烂的臭肉！这种味道吸引苍蝇来为它传粉。

许多年来，科学家相信弗吉尼亚阔叶桦树和一种澳洲杜英已经灭绝。但是在1975年，一名科学家发现了一片阔叶桦树还活着，而且长势良好。从那以后，人们尽力保护这种阔叶桦树。

1992年，科学家发现澳洲杜英也还活着，生长在新南威尔士的雨林。从那以后，他们已在野外发现了100多株这种杜英树。

巨魔芋有一朵巨大的花，和一位成年人的体重一样重。它的花要用6年的时间才能长成。

来自动物的威胁

在世界各个地方,植物都在被动物毁掉。有时候这十分自然,是自然平衡的一部分。其他时候,它会是灾难性的。

毛毛虫和甲虫的幼虫等昆虫常常吃树叶,或挖空树木。但是有时候,一窝天幕毛虫能吃掉一棵树上的所有芽或嫩叶。这样,树就会死去。

如果人们把动物带到不属于它们的地方,也会出现大问题。兔子毁掉了澳大利亚有价值的牧草草地。它们吃掉农民用来喂牲畜的草。兔子是在1859年被英国殖

水獭把树砍倒用做食物和建巢。一个水獭大家庭能够损坏它生活的湖泊或河流附近的许多树木。

166

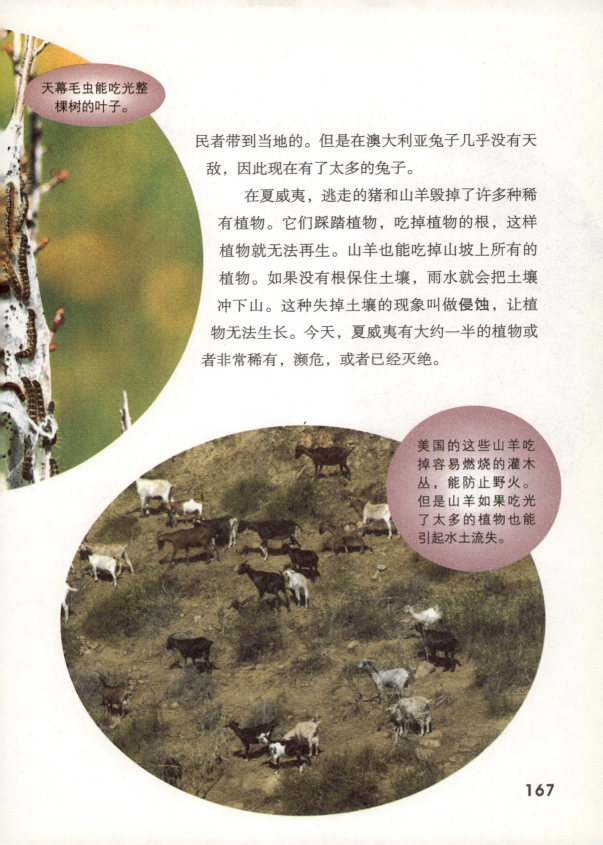

天幕毛虫能吃光整棵树的叶子。

民者带到当地的。但是在澳大利亚兔子几乎没有天敌，因此现在有了太多的兔子。

在夏威夷，逃走的猪和山羊毁掉了许多种稀有植物。它们踩踏植物，吃掉植物的根，这样植物就无法再生。山羊也能吃掉山坡上所有的植物。如果没有根保住土壤，雨水就会把土壤冲下山。这种失掉土壤的现象叫做**侵蚀**，让植物无法生长。今天，夏威夷有大约一半的植物或者非常稀有，濒危，或者已经灭绝。

美国的这些山羊吃掉容易燃烧的灌木丛，能防止野火。但是山羊如果吃光了太多的植物也能引起水土流失。

来自人类的威胁

兰花美丽的花朵吸引了人们去采摘它们。现在,全世界范围内许多种兰花都是濒危植物。

人类是植物最坏的敌人。这主要是因为人类想要或需要用到植物制造的东西。

许多种植物由于美丽而变得稀有。人们常常挖出这些植物带回家。兰花和某些仙人掌的美丽花朵使得它们成了收集者的目标。澳大利亚稀有的蝴蝶石斛兰虽然受到保护,但还是被收集者偷采。

为了用棕榈树的茎制造家具,也为了它们的果实,大量的棕榈树被砍掉。今天有几百种棕榈已成为濒危植物。

人们毁灭了许多植物用来做药物。太平洋紫杉一度是医生用来治疗癌症的一种药物的来源。由于为了获得这种药物,极大地威胁了这些树木,促使研究者发现制造这种药物的其他方法。

人们在开发土地时毁灭了植物。许多土地被用来建房子。更多的土地被建造成了农场或牧场。随着人口的增长,人们建造了更多的道路、房子、工厂、矿井、购物中心和停车场。

但是植物也需要有特殊的地方才能生活。

它们需要合适的土壤、温度和降雨量。它们需要合适的**栖息地**。随着栖息地的消失，生活在那里的动物常常也跟着消失。如果我们毁掉了太多的自然栖息地，我们可能会失去我们生活中的许多植物和动物。

当人们为了种植庄稼或建筑清除土地时，栖息地就丧失了。一点一点的，全世界的森林、湿地和其他的荒野正在消失。如果这种情形继续下去，这些自然美景将会永远地丧失。

消失的
热带雨林

在世界上每个地方，人们都正在占据更多的土地。在热带雨林地区，人们把一部分森林砍伐、焚烧，空出土地用来种庄稼。过一段时间后，这些地方的土壤不再适合用来种庄稼了。人们就搬到另一个地方去。新植物很难在贫瘠的土壤上生长。没有了植物和树木，剩下的土壤就会被水冲走。

人们也为了得到木材而毁掉热带雨林。生长在这些森林里的树木提供了有价值的木材。每天，在许多国家，人们都在砍伐已生长了很多很多年的树木。

在世界上最大的热带雨林——南美洲的亚马孙雨林中，人们正在建造一条巨大的高速公路。为了建造高速公路，树木正在被砍掉。一旦这条路建成了，将会有更多的人到雨林里旅游。这可能会导致更大的破坏。

世界热带雨林是许多种珍稀动物的家园。它们可能已在森林的护佑下生存了成千上万年。但是现在热带雨林正在快速消失。科学家相信有的雨林动物还来不及被发现,就已灭绝!

工人砍倒了所罗门群岛上的树林,这样推土机就能为建造新路开道。

空气中的敌人

请想象有这么一个世界,那里的树木大多死去了,它们的叶子和花都染上了疾病,果实无法生长。那不会是个很好的世界。许多科学家担心我们的世界有一天可能会变成那个样子——如果我们现在不开始对付空气污染的话。

汽车、工厂、割草机和焚烧的木头释放出的气体进入空气中,就出现了空气污染。当来自空气的某些化学物质上升和云中的水混合,就形成了**酸雨**。

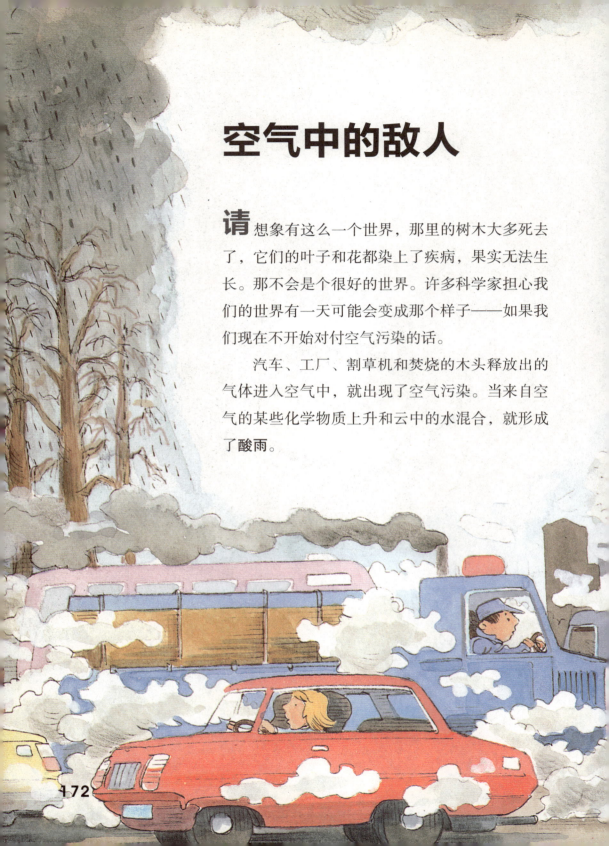

这些树死于附近工厂排放的烟带来的酸雨。

从这些受污染的云降下的雨或雪伤害树叶。树木慢慢地失去了叶子并死去。酸雨也渗进土壤中,伤害植物和作物。世界上有许多森林——特别是北欧的针叶树森林——正在遭受酸雨的侵害。

空气污染是一个非常严重的问题。目前,科学家和许多其他人士为了全世界的人们和植物能有一个好的生存环境,正在努力工作净化空气并让它保持清洁。

来自汽车和工厂的空气污染损害了这些树上的针叶。

火！

森林护林员很担忧。天气很热，已经有很长时间没有下雨了。他们知道森林干得就像柴火，只要有一丁点火花，或者打来一道闪电，整个森林就会变成一片咆哮着的愤怒火海。

地面上的消防员用水龙与火焰战斗。飞机上的消防员从上空撒下水或化学物质帮助扑灭火焰。他们全都在试图拯救森林。

护林员从比树木还要高的瞭望塔看到了一道细细烟雾在缭绕。火！在森林里有火！

他们迅速地发出了呼救信号。消防员乘着消防车赶到了火场。他们迅速行动起来，用水龙和一铲铲土壤与火焰搏斗。他们砍倒树木，挖掘地面，防止火势蔓延。

在空中，飞机在火焰上方飞翔，对着火焰撒下水和化学物质。其他飞机运来了叫做空降灭火员的消防员。他们乘降落伞降落到地面消防员去不了的地点。

经过了许多小时，有时甚至许多天，火最终被扑灭了。成千上万株树得以拯救。但成千上万株树已被烧毁。

干燥的森林能迅速地燃烧。

阿根廷树商陆的木材非常潮湿，不会燃烧。它不仅能在火中生存下来，也能忍受昆虫的攻击、干旱和暴风。

属于珍稀物种的树木被砍掉用做木材后，种植树苗能帮助其复原。

已经采取的行动

人们正在通过很多途径，共同拯救世界植物。

有的人直接从事植物方面的工作。种植者相互交换种子，增加某种植物的生存机会。他们也在温室里种植濒危植物。然后他们把这些植物移植到野外生长。有时人们在野外珍稀植物的周围围起栅栏，防止动物吃掉植物或践踏它们。

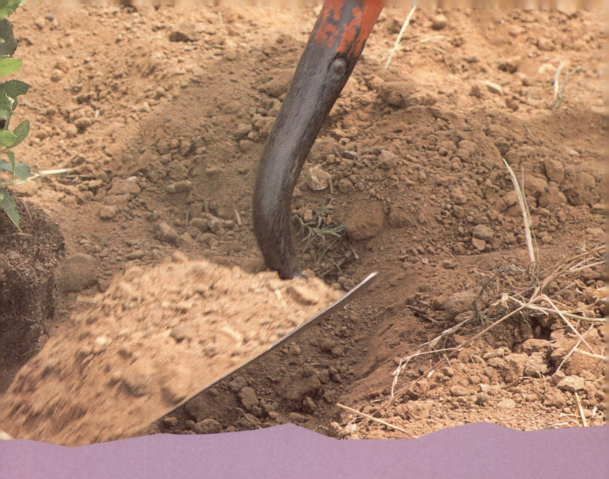

　　许多机构在从事保护植物的工作。包括联合国、世界自然保护联盟和世界自然基金会。他们让各国政府和人民了解濒危植物，募捐帮助拯救它们。

　　许多国家的政府已通过保护植物的法律。这些法律保护濒危植物和动物免受打猎、采集和能危害它们或其群落的其他活动。许多国家也已签署了濒危野生动植物物种国际公约。通过签署这个公约，他们保证不购买或销售濒危动植物及其制品。

你能帮忙

你也许会认为,要拯救植物,你帮不上什么忙。但是你有许多事情可以做。你去野外远足、爬山时,要沿着小路走。离开小路走会伤害到植物。

有时,你啥也不做就能帮助植物。不要采摘或挖掘野花和其他植物。虽然有的野外植物数量还很多,但是有的正在变得稀少。要用拍照或画画的方式欣赏野花。购买国家公园采集的种子,或向种子公司购买。这样其他人也能欣赏到野花。

　　提醒大人们在点篝火或野炊时要非常小心。在离开之前，确保火已完全熄灭。如果天气非常干燥，就一点火也不要点。在你离开营地时，把你的垃圾全都带走扔到垃圾桶里。

　　不要折树枝或剥树皮。外层的树皮保护树木不受害虫和真菌的侵害。内层的树皮把食物从叶子输送到根部。剥掉一棵树的树皮或折断它的树枝会让树木枯死。

你能通过**回收**来帮助拯救树木。许多社区都有回收项目。也就是说，用过的纸张被收集并送到工厂，用它造出新的纸张。你的家庭能够回收不要的邮件、旧杂志、纸箱子、食品盒、卫生纸芯，甚至袋泡茶上的标签。

不要离开小路。

把你的垃圾带走。

在原地欣赏野花。不要采摘它们。

试一试 1

你的家庭怎样才能帮助减少空气污染呢？一种办法是不要开车，改用步行或骑自行车。另一种办法是在你所在的地区污染比较严重的日子不要开车、使用割草机和其他机器。

这些儿童在种树,帮助拯救植物世界。

词汇表

这里是你在本书中读到的一些词语。它们有许多对你来说也许是新词。今后你可能会再见到它们，因此有必要了解它们。在每个词语下面有一两句话告诉你它是什么意思。

B
孢子

孢子是类似种子的细小细胞，生物从中长出来。霉菌、真菌和某些植物（例如蕨类）可能从孢子长出来。

播种

播种是指把植物的种子种在土壤里。

濒危

濒危指有灭绝的危险。

C
传粉

传粉是指把花粉从一朵花带到另一朵花。

雌蕊

雌蕊是花中制造卵的雌性部分。

D
大花草

大花草是一种有着世界上最大的花的植物。

冻原

冻原是寒冷地区没有树木的大平原，例如北极地区。

多年生植物

多年生植物是年复一年地开花的植物。

E
二年生植物

二年生植物是活两年的植物。

二氧化碳

二氧化碳是植物制造食物所需要的气体。动物和人呼吸时呼出二氧化碳。

F
繁殖

繁殖是指制造新的生物。

G
干草原

干草原是矮草的栖息地。

高草草原

高草草原是高大的草的栖息地。

谷类植物

谷类植物是生产用做食物的谷物的植物，例如小麦或荞麦。

冠层

热带雨林的冠层是由巨大树叶组成的大"伞"。

H
红树

红树是生长在咸水里的树。

花粉

花粉是在花的花药里形成的黄色粉末。当花粉到达花的胚珠，通常就形成了种子。

花蜜

花蜜是花制造的甜味液体。

花药

花药是花蕊上的一个小囊。花药制造花粉。

化学家

化学家是研究非生命的物质并找出它们由什么组成、如何作用和变化的人士。

回收

回收是重新利用纸、塑料、铝等垃圾去制造新产品。

J
界

一大类有共同特征的生物组成了一个界。

K
矿物质

矿物质是来自土地的固体物质。

块茎

块茎是肥厚的地下茎。新的植物能从中长出。

L
林务员

林务员是照看森林的人士。

鳞茎

鳞茎是一种地下芽。

露生层

热带雨林的露生层由最高大的植物的顶层树枝组成。

落叶树

落叶树在一年的某个时间掉落叶子，后来又长出新叶子。

M
棉铃

棉铃是棉树结的含有种子的蒴果。

N
农学家

农学家是研究如何改良作物及它们生长的土壤的人士。

P
胚芽

胚芽是种子中长成植物的那部分。

胚珠

胚珠是植物发育成种子的部分。

潘帕斯草原

潘帕斯草原是南美洲的大草原。

Q
栖息地

栖息地是植物或动物生活的地方。它有满足植物或动物需求的合适的土壤、温度和降雨量。

侵蚀

侵蚀是指土壤被水、风或其他力量消磨掉。

球茎

球茎是一种小鳞茎，新植物由此长出。

群落

一个群落是一群生活在一起的植物和动物。

S
树线

树线是一座山上树木能够生长的最高地方。

苏铁

苏铁是看起来像棕榈树的热带植物，有类似蕨类的叶子。它们和松树、云杉等针叶树是亲戚。

酸雨

酸雨是一种危险的污染形式。当来自空气污染的某些化学物质升到空中并和云中的水混合时，它就形成了。

183

W

温带

温带是指有温暖的夏天、寒冷的冬天和充足的降雨的地方。

物种

一类在许多方面彼此相似的植物或动物组成一个物种。

X

稀树大草原

稀树大草原是有着很少的树和丛生的草的草原。

细胞

细胞是构成生命的最小部分。

纤匐枝

纤匐枝是向侧面生长的茎。新的植物从纤匐枝长出，并在它们触及地面时长出根固定自己。

纤维

纤维是植物中的长丝状物质。

纤维素

纤维素是构成植物细胞壁的坚硬物质。

消化

消化是分解食物让它能被身体利用的过程。

雄蕊

雄蕊是花中纤细的蕊。雄蕊支撑着花药。

Y

氧气

氧气是无色无味的气体。它是我们呼吸的气体的一部分。

药草

药草是叶子或其他部分被用来做药物、调料、食物或香水的植物。

叶绿素

叶绿素是植物用来和阳光、水一起制造食物的绿色物质。

一年生植物

一年生植物是只活一年的植物。

银杏

银杏是一种叶子形状像小扇子的大树。

有机体

一个有机体是一个生物。

Z

杂草

杂草是生长在不需要它的地方的植物。

藻类

藻类是类似植物的生物，没有茎、根或叶。它们生活在水中或潮湿的地方，并制造自己的食物。

真菌

真菌是类似植物的生物，没有叶、叶绿素或花。

针叶植物

针叶植物是一大类结球果的树木和灌木。多数针叶树是常青树。

植物学家

植物学家是研究植物的人士。

竹子

竹子是一种生长快速的草，有木质的茎，能被用来当作建筑材料。

柱头

柱头是植物中接受花粉的部分。